FERDINANDO PAOLIERI

NOVELLE SELVAGGE

DELUSIONI.

(PRELUDIO NOSTALGICO.)

A me stesso.

Mentre il mondo è a ferro e a fuoco e gli uomini si scagliano con furor belluino gli uni contro gli altri in nome della civiltà che ciascuno invoca, io non ho potuto resistere al romore, all'orrore, ai racconti spaventosi, all'ossessionante pioggia di notizie crudeli, al caos di demenza che appena aprivo un giornale si scatenava sotto i miei occhi esterrefatti e, non riuscendo a dominare i miei nervi sovraeccitati, ho chiesto aiuto disperatamente al silenzio.

Ma dove trovarlo?

Il silenzio, in realtà, non esiste altro che nelle profondità dell'infinito quale se lo finge la nostra debole, misera fantasia di ranocchie annaspanti per volar verso il sole; ma, nelle foreste e sul mare, l'urlo dei venti e il rombo sonante dei marosi, alle sponde, e lo schianto della saetta, e tutti i fremiti, tutti i sibili, tutti i ruggiti della più grande tempesta non hanno la millesima virtù di perturbare il nostro cervello di quella che ha invece il fracasso micidiale, crepitante, rabbioso, e, se pur diverso, privo d'ogni pausa, che producono gli uomini.

E mi son recato sul mare, là dove i boschi che crebbero sulle rovine di sepolte città, ne hanno imitata la vasta linea diritta adagiandosi sotto le nuvole nel loro sogno senza confini.

Ancora stordito, in una limpida giornata del dicembre col quale l'anno agonizza nelle città tra il fango e i riflessi gialli della luce elettrica, e all'aperto pare invece prepararsi a morire regalmente ravvolto in un suo mantello di porpora e d'oro, ho percorso il divino litorale della maremma pisana dolce e violento, romantico e tragico, docile a tutte le luci, esperto di tutti i suoni, ed agli amici che incontravo nelle diverse stazioni disseminate lungo quella linea trita e operosa, dicevo che andavo lontano in cerca dell'impossibile.... E quelli ridevano, salutandomi come un bel matto.

Ma pur troppo ero savio di tutta la saggezza antica, perchè io andavo in cerca di certi boschi dove speravo di trovare un uomo il quale ignorasse che ardeva la guerra europea.

La così detta civiltà trionfatrice ha dato dentro a quelle boscaglie dove par di vedere affacciarsi ogni tanto i fauni o le ninfe, ha bonificato quelle terre rossastre conducendo i paduli per mezzo di lucidi canali a sboccar nel Tirreno; ma ancora enormi distese di macchie mettono il nero dei loro fogliami in mezzo al purpureo dei terreni lavorati e all'argento della marina.

Vicino a Populonia che aspra si protende nel mare come la prua rostrata di una nave romana, tutto è come era duecento anni fa. Un proprietario conservatore feroce ha lasciato prosperare la macchia, ha ricusato di crear campi dove s'impantana il padule, ha proibito di scavare là donde emergono a fior del terreno brunastro gli avanzi degli antichi ipogèi, le mura costruite a secco con macigni ciclopici, le poche testimonianze espulse dalle zolle in qualche convulsione tellurica delle necropoli che dormono il loro sonno millenario in cima al colle da cui si domina, da un lato tutto il Tirreno fino al capo Córso ravvolto di nebbie violacee, dall'altro il canal di Piombino sognante fra le due sponde azzurre, stridulo a notte di branchi d'arzavole, di colli verdi, d'anatre, di germani ritornanti alle dolci pasture fra le canneggiole e le erbe del continente, violento, a volte, sotto il libeccio, di tempeste fantastiche.

Il cielo, eternamente sconvolto, è navigato da flotte di nuvole enormi: la notte il padule esala la sua melodia solenne come un inno gregoriano, la macchia si crolla e mormora cupamente e minacciosamente nell'ombra; sul mare passa ogni tanto, come un gran mostro di fuoco, la luce del semaforo che solo par vivo in quelle tragiche tenebre. Nell'andarci, ad un tratto, dalle fattorie, dai poderi, dalle vaste distese dove i bovi bianchi come monumenti veduti dal Carducci lavoran pazienti sotto l'aratro, si passa all'opacità impenetrabile della boscaglia vergine.

Un intrico ineffabile di barbe, di tronchi, di siepi, querci gigantesche provvidenziali al grifo del cignale che, sotto, vi cerca la ghianda dolciastra, sughere dalla scorza grigia qua e là tagliata e sanguinosa come una ferita, marruche argentee, felci verdissime, lecci violetti, bruni, scope sanguigne, e poi un senso d'umido di freddo di paura, e il silenzio.

Case? Una bassa, sul mare che sciacqua dietro una siepe di piante, e accanto la tomba solitaria del santo protettore dei luogo, l'avanzo d'un torrione mozzo, costruzione medicea, e due capanne coperte di paglia, presso il campo piccolo, breve, color lacca, arato da bufali gibbosi, colle corna a balestra, gli occhi rossi, il pelame piceo, simili a demoni.

Gli uomini parlan di rado, vi affondan nell'anima gli occhi scintillanti, usi a frugare i misteri silvani; le donne son belle, ma terree nel colorito, lento il gesto come per istanchezza; pare che ciascuno, di quelle genti, porti con sè il peso dei secoli che gli ultimi archi dell'arce rimasti in piedi tra i cipressi del colle, noverano nelle notti lunghe d'inverno sotto le stelle pallide in quel clima sempre primaverile.

Il proprietario del luogo è invisibile; soltanto dopo aver sottostato a certe pratiche necessarie agli sconosciuti, come me, si può essere ammessi a vedere una terrazza che si apre su di una scarpata scoscesa tutta fitta d'un'impenetrabile ragnaia di piante sempre cinguettanti d'uccelli ed alta, quasi a picco, centocinquanta metri sul mare!

Uscendo, dopo la visione miracolosa che resta negli occhi come il sogno, evocato per isforzo d'imaginazione, d'una cosa favoleggiata, si scorge una stanza con un camino che ha il focolare nel mezzo, alla fratesca, e intorno le panche alte, sì che subito si pensa di vedervi in giro i cacciatori, alla fine d'una giornata piovosa e, sotto, i cani, rannicchiati al calduccio.

Insomma mi pareva d'essere tornato indietro di qualche secolo e domandai se vi era modo d'installarsi lì, per un poco.

Mi fecero qualche difficoltà, perchè non a tutti i forestieri viene concesso, in quanto a notte si serrano le porte del paese e chi s'è visto s'è visto; ma cotesto non fu che uno sprone al mio desiderio di solitudine, e vinsi. Ahimè, la mia fu davvero una vittoria ridicola! Chè, venuta la sera, tutta quella gente mi circondò, mi prese d'assalto, e, sciorinandomi sotto gli occhi una quantità di giornali cotidiani, pretese assolutamente che io raccontassi quel che sapevo, quel che credevo e quel che prevedevo, intorno alla guerra europea!

Fu questa l'unica ragione che mi spinse allo spuntar del giorno, appena furono aperte le porte, a fuggirmene cercando, ancora, come Ahasvèro: sicchè, sceso al piano, domandai d'un cacciatore col quale si potessero far buoni affari.

E lo trovai: trovai finalmente l'ultimo rappresentante della razza scomparsa, anello di congiunzione fra il troglodite e l'uomo moderno, esemplare delle creature ancestrali che conoscevano di fatto la libertà e vivevano di caccia e di pesca, di null'altro solleciti che dei cambiamenti del tempo o delle stagioni.

Beppone, alto, adusto, una gran barba grigia, le sopracciglia enormi e folte sopra gli occhi straordinariamente incassati, la nicchia a tracolla, il bastone nel pugno nodoso, i cosciali di pelle di capra pendenti dall'anche, mi raccontò la sua storia.

Sua madre lo partorì alla macchia; era adunque un po' fratello dei cignali, dei mufloni, dei caprioli che si rifugiano negli ultimi recessi, nelle chiuse dei grandi signori che ancora rispettano la tradizione e conservano la selvaggina.

Ragazzo, di dieci anni, aveva un verro il quale, la notte, fuggiva dalla capanna per andare a battersi coi cignali, per amor delle femmine; e lui si alzava, percorreva la macchia nel lume di luna che è traditore e fa parere diversi i viottoli usati e pozze d'acqua le macchie bianche delle radure; trovava il verro, guidato dai grugniti furibondi e dal romor della lotta e, presolo per l'orecchio, lo cavalcava guidandolo verso casa con un bacchetto di salcio.

Mangiava pane, rape mature, erbaggi, funghi e si dissetava alle polle della boscaglia; una notte fu trovato a dormire sotto un'acqua torrenziale ed egli si scusò dicendo che quando s'era addormentato non pioveva! Lo chiamavano da per tutto, alle grandi battute al cinghiale, perchè non aveva pari nell'entrar sotto coi cani e spingere la belva verso i cacciatori, lottandosi anche con lei quando non voleva fare la posta e costringendola a retrocedere, con urli e minacce. Il cinghiale caricava Beppone e Beppone lo evitava con salti diabolici, cane tra i cani, che urlavano, guaiolavano, latravano d'intorno.

Insomma era una creatura strana e prodigiosa, degna in tutto della circostante maestà del paesaggio e che m'avrebbe condotto fuori del mondo, verso quei tempi remoti e bui nei quali amo cacciarmi colla fantasia.

Cinghiali non ce ne son più, altro che nelle riserve e nelle chiuse, ma in fondo alla boscaglia avrei potuto trovare qualche lepre e forse un capriolo, chè qualcuno ogni tanto era stato visto schizzare dal fitto delle felci nei luoghi più intrigati.

Il luogo era lontano, ma si trovò da noleggiare due cavalli; i cani furon presi, mercè un modesto compenso, da un guardaboschi amico della mia strana guida.

Verso mezzogiorno, dopo aver percorsa la provinciale e delle carrereccie sconquassate e avere aperto e richiuso cento cancelli per giovarci delle scorciatoie, oltrepassammo, lasciandolo a destra, un braccio di palude che parea quella Stigia e ci s'inoltrò nella macchia.

Intorno era quel formidabile silenzio maremmano che più non dimentica chi l'abbia, per così dire, udito; dal mare lontanissimo, non un respiro, non un rombo, non un fragore; si andava nell'ombra, uno dietro l'altro, fra due alte muraglie di verde finchè, a un tratto, in cima a una altura, sollevandomi sulle staffe, vidi intorno un imponente mareggiar di fogliami senza limiti, senza interruzioni, e sopra il cielo enorme e unito, spazzato dalla tramontana come un cristallo e basta.

Nemmeno una casa! non un uomo! non una voce! Il deserto, i cani, che tra poco avrebbero, soli, rotto quella divina pace e dietro a me il selvaggio, di rade parole, inconsapevole del mondo!

Mi fermai a respirare quella bellezza, smemorato ed attonito, come se in me fosse disceso, a un tratto, lo spirito d'un altro.

Ma Beppone, vedendomi arrestare a quel modo, mi raggiunse con la sua bestia, scese di sella, preparò in terra la colazione, e poi, mi disse, aiutandomi a smontare: – E ora, mentre si mangia un boccone, lei mi racconterà qualche cosa di questa guerra europea!!

ASTUZIA.

A Francesco Coselscki.

Aveva una brutta faccia, tutta solcata di rughe incrociate per ogni verso, con due occhi accesi e scerpellini sotto le sopracciglia grigie lunghe ed irsute simili a quelle d'un satiro, colla bocca sdegnosa e il mento quadrato, completamente raso, baffi, barba e capelli come un galeotto, il collo rosso di un rosso fiammante di sverzino, le spalle curve che davano alla sua andatura un'aria d'agguato perenne, le mani enormi intrecciate di vene violette grosse come corde e con un nodo nel mezzo.

Aveva ammazzato uno, da giovanissimo, e nonostante la premeditazione accertata, se l'era scapolata alla meglio; soltanto, espiata la pena, tornato al paese, non aveva trovato (solite storie!) un cane che lo pigliasse a lavorare.

E lui s'era messo a fare il bracconiere.

Avvezzo da bambino a scorazzare per le boscaglie rubando i nidi agli alberi e il miele alle api, conosceva tutti i viottoli, tutte le scorciatoie, tutti i nascondigli e tutti i covi.

Bastava che uscisse di casa, innanzi l'alba, scrutasse l'orizzonte e annusasse l'aria per sapervi dire a un puntino che tempo avrebbe fatto e dove *bramava* d'accucciarsi la lepre.

– Oggi è nuvolo e tira scirocco; pioverà di certo. Bisogna cercare, basso, giù per i fossi, le son rivoltate nelle macchie. – Oppure: Soffia tramontàno! mi par di vederle, le stanno allo *striscio* fra le zolle o nel gabbreto.

E non sbagliava mai.

Pratico delle pasture e dei passaggi, nessuno l'uguagliava nel fabbricare certi lacci di fil d'ottone che tendeva con maestria insuperabile allo sbocco dei crocicchi, ai fóri delle siepi, fra 'l trifoglio giovine e quando, a notte alta, andava a riguardarli, era un caso raro che non ci trovasse una bella lepre impiccata, col muso gonfio e le quattro zampe irrigidite.

In paese gli avevan messo il curioso soprannome d'*Astuzia*, ma non per questa furbesca abilità nel tendere i lacci o nel balzellare gli animali, sibbene perchè quel tale omicidio da giovine, lo commise per liberarsi d'un rivale in amore, con un'astuzia diabolica davvero.

I vecchi raccontavano che lui, appena seppe che con la Ghita ci discorreva quell'altro, si mise a fargli l'amico e a figurare di non pensarci più neanche per idea, e la fece tanto bene che il disgraziato finì per eleggerselo a confidente delle sue ansie e delle sue contentezze, insomma per isceglierlo a depositario di quegli sfoghi che gli innamorati sogliono sempre versare nel seno prudente di qualche sodale affezionato.

Così usando insieme, l'uno, inconsapevolmente, stillava nel cuore dell'altro un veleno lento che dava la febbre e le vertigini al povero *Astuzia*, finchè questi una sera invitò l'amico e rivale a casa propria e gli cosse da sè, a puntino, i *roventini* e lì, tra un bicchiere di vino e l'altro, si fece raccontare ogni cosa, proprio ogni cosa senza tralasciar punti particolari. Ma quando gli parve, traverso le rozze frasi colorite dal gesto eloquente e rese vivaci dal vino frizzante, quando gli parve proprio di *vederlo* curvarsi sulla spalla della Ghita e morderle la gota bianca e vermiglia, allora scattò come la molla d'una trappola da lupi, e con quelle mani lunghe e poderose lo chiappò per il collo, lo rovesciò sulla tovaglia che si chiazzò del vino di un bicchiere rovesciato, ve lo abbattè, ve lo conficcò, ve lo abbandonò senza vita, colla testa inerte su quella gran macchia che pareva di sangue.

Era proprio questo l'uomo che io avevo scelto perchè mi guidasse a caccia per la boscaglia, di cui non ero pratico e che era difficile ad esser battuta, densa di burroni, di forteti, di nascondigli.

Ma *Astuzia* sapeva vita morte e miracoli di tutte le bestie e in pochi giorni mi fece ammazzare moltissime starne, parecchie lepri e un bellissimo tasso dal pelo lungo e bruno e con una simpaticissima stella color latte sul naso camuso.

Io, però, avevo voglia d'una volpe, per farla impagliare e tenermela sul tavolo da lavoro; ormai avevo preso cotesta fissazione ed era inutile perfettamente che *Astuzia* mi facesse osservare (con molto rispetto, del resto) che le volpi oltre a non esser buone da mangiarsi, fanno faticare un mondo prima di poterle sorprendere e, una volta uccise, puzzano come avelli.

Ogni ragione fu dunque vana e fu deciso che avremmo *balzellata* la volpe.

Il "Masseto" si leva in un punto il più deserto della selva di "Bifonica", sorge a picco sopra un torrente scheggiato di macigni, avaro d'acque, con l'aspetto strano di un castello demolito a colpi d'ariete.

Sono centinaia di blocchi informi, accavallati l'uno sull'altro e in cima è una specie di monolite puntuto, che, a guisa di vedetta, pende sull'abisso e pare, quando il vento soffia facendo ululare i quercioleti come una torma di dannati, che debba oscillare, crollarsi e precipitare rimbalzando giù per la china come il sasso di manzoniana memoria.

Ma i muschi, l'edere, i lichèni hanno vegetato, hanno prolificato, hanno stretto quella congerie ciclopica in un amplesso verde, l'acqua colando e i ghiacci disgelando vi hanno aperto delle buche profonde dove i falchi nidificano e che, viste dal basso, paiono occhi della pietra sbarrati dallo stupore del tempo. Quando sorge l'alba il Masseto è color di rosa contro uno sfondo cupo di cipressi e di pini, a mezzodì lampeggia come il cristallo di ròcca, al tramonto sanguina come un rogo, la notte, sotto la luna, assume un color verde, spettrale; è insomma una cosa fantastica, bella e terribile, un rifugio da sognatori o da malandrini, un covo di rapaci ebbri di sole o di nittàlopi viscidi e paurosi.

Ma lì solamente si poteva esser sicuri di uccidere un bell'esemplare di volpe, e lì si andò.

La luna si sarebbe levata prima della mezzanotte e il mio compagno mi condusse, due ore prima, per certi viottoli noti a lui solo, al luogo dell'agguato.

Astuzia camminava innanzi voltandosi ogni poco ad ammonirmi di stare attento a quella radice o a quella buca; pareva che fosse in casa sua. Io lo seguivo cercando di vedere in terra, ma invano, e tenendolo un po' d'occhio colla destra sulla cinghia del fucile che mi pendeva dalla spalla, pronto ad ogni evenienza.

Se ne serva pure, mi avevano detto, è capace; però.... lo tenga d'occhio!

Parole poco rassicuranti.

Nel bosco si camminava male; nel Masseto peggio, e ci volle la mano robusta d'*Astuzia* a sorreggermi fino a un macigno alto, coperto di borraccino, dove arrivai trafelato dopo aver corso cento volte il risico di fiaccarmi l'osso del collo.

– Si metta costì, mi disse la strana guida; il vento soffia verso di noi e la volpe verrà di là (indicò un punto, nel buio, che lui solo vedeva) e non ci sentirà. Io mi metto qui, dietro a lei, ma per carità, stia fermo, non tiri neppure il fiato!

C'era poco da obiettare, benchè quell'idea di voltare le spalle all'assassino mi solleticasse mediocremente; per cui, accomodatomi alla meglio, caricai l'arme, misi i cani al punto e aspettai, collo schioppo sulle ginocchia, disposto santamente alla pazienza.

Chi ha provato la noia della *fazione*, in sentinella a una polveriera o ad uno stabilimento carcerario, non può farsi che una pallida idea di quel che sieno l'angoscie d'un *balzello*.

Dopo un'ora gli occhi mi dolevano per lo sforzo di cercare nell'ombra, le gambe mi s'erano informicolite, le mani gelate sulle canne del fucile, tutta la persona sentivo pervasa da mille volontà strane, di mutar posizione, di sternutire, di tossicchiare, fosse pure per un secondo.

Il bosco era d'un silenzio cupo, rotto a quando a quando da certi fremiti uniformi del frascame che parevano sospiri della notte; in quanto al mio compagno non lo sentivo neanche respirare, pareva che la terra l'avesse inghiottito.

Come Dio volle, un chiarore mi rivelò il crinale della montagna, una luce lattea montò, si diffuse, scivolò fra i tronchi dei pini, la foresta s'aprì ai miei occhi come uno scenario, un nottolone sbattè il becco sopra un macigno, una volpe abbaiò lontana, un'altra le rispose più vicina, la luna ruppe i nuvoli e rovesciò dall'urna d'argento il suo lume più abbagliante.

Finalmente! Di fronte a me era uno spianato erboso, rotto qua e là da qualche scheggia di macigno che riluceva bianca e nera come tagliata nettamente in due dalla propria ombra: di lì sarebbe venuta la volpe e lì sarei riuscito a stenderla con un colpo ben diretto.

L'istinto della caccia fece scomparire, per incanto, tutta la mia sensibilità nervosa; il fucile mi tremava nelle mani pronto a salire insensibilmente verso la spalla, l'occhio si dilatava nell'ansia della ricerca; quand'ecco un batuffolo nero saltare, ruzzolare dal limite del bosco verso l'erbe alte.

Una discreta tiratina alla mia cacciatora mi avvertì che *Astuzia* non dormiva.

Mi fermai, sul punto di mirare; non era la volpe, era qualche cosa che il mio compagno avrebbe preferito, una magnifica lepre, vecchia e pelosa, che si rotolava con voluttà sull'erba umida di guazza. Contemporaneamente un altro batuffolo, molto più grosso, sbucò dalla stessa parte e a furia di ruzzoloni pazzeschi venne a scivolare, balzellon balzelloni, fin presso la lepre che seguitava il suo gioco.

Ora distinguevo benissimo la lunga coda a spazzola, le orecchie a punta d'un superbo volpone, forse una femmina, d'un color rosso fulvo che, sotto la luna, pareva grigio–argento. Bel colpo doppio!

Ed ecco la volpe che, sdraiata a pancia all'aria, faceva mille lazzi buffoneschi, mille capriole strane, colle zampe davanti distese prima e rattratte poi contro il petto biancastro come a invitare la compagna selvaggia a giocare con lei; era un'orgia di capriòle frenetiche, di salti pazzi, di dolcissimi mugolii....

Un'altra tirata, più energica, alla mia cacciatora, m'avvertì che *Astuzia* si meravigliava dell'indugio.

Ma quello ch'io vedevo m'interessava troppo; la lepre consentiva all'invito, accucciata come un cane festoso, gli orecchi ritti, si muoveva strisciando verso la volpe sempre supina, immobile, quasi in un'estasi di piacere. Le avrei uccise entrambe con una fucilata sola.

Ad un tratto la lepre distese i piè deretani, scattò come un baleno, passò sopra la volpe, si rialzò, s'abbaruffò con lei, si svincolò, giacque alla sua volta con le quattro zampe in aria belando lievemente.

La volpe si mosse tra 'l palèo come il cane sulla passata delle quaglie, strascicando a serpente la lunga coda, colla punta del muso protesa; si avvicinava in modo insensibile alla lepre che ora faceva mirabilmente la morta, come una gatta soriana solleticata con un filo di paglia; finalmente le fu vicina, fulminea, spalancò, le mascelle, l'abbrancò per la gola palpitante, spense a mezzo il belato fievole, la roteò per l'aria con uno sforzo del collo, l'abbattè sul terreno, strangolata d'un tratto, mentre quasi subito rintronava il colpo di fucile e l'animale da preda s'accasciava accanto alla vittima, senza voce e senza movimento.

Il dramma era terminato e la notizia se ne propagò per la gran selva per mezzo degli echi che tutte le grotte accoglievano, si rimandavano, si contendevano.

Balzammo in piedi, d'un lancio fummo sulla radura, io mi chinai sulla volpe, ma *Astuzia* mi frenò con un gesto energico.

– Aspetti! Potrebbe non esser morta.... Delle volte fingono per mordere il cacciatore.

La voce gli tremava stranamente; lo guardai mentre proseguiva:

– Capisce? Fingono! Non ha visto? con che furberia l'ha ammazzata?... Come un essere umano capisce? Come un essere umano!

La faccia d'*Astuzia* era contratta, corrugata, increspata ad una smorfia spaventevole, mentre si rialzava, colla luna che gli splendeva sul viso, le zampe della lepre strette nel pugno.

È certo che quell'uomo piangeva; a modo suo, ma piangeva.

IL CONFIDENTE.

A Marino Moretti.

Il brigadiere fece un balzo dalla seggiola, sgranando bene gli occhi in faccia al suo interlocutore.

– Dite sul serio? ne siete proprio certo? – esclamò.

– Come son certo d'esser qui, a discorrer con lei.

– È proprio "Napoli"?

– "Napoli" in persona.

– E com'è? l'avete visto bene? dite, su....

– Comincia a invecchiare, ha la barba e i capelli brizzolati, un po' curvo di spalle, ma robustissimo ancora, il naso aquilino, gli occhi verdi, le mani enormi, una cicatrice sulla gota mancina....

– È lui! è lui! Voi ci guadagnate la taglia di mille lire e io le filettature di maresciallo.... volete bere?

– Mi dica piuttosto, come si fa?...

– Ah! ecco, – e il brigadiere corrugò la fronte –: ora vi esporrò il mio piano; ma, – s'interruppe ripreso da uno scrupolo, – bene inteso che voi....

– Io?... cosa?...

– .... Facciate sul serio, e non mi svoltiate all'ultimo momento; del resto, se scantonate di una virgola, guai a voi!

Il vecchio bracconiere ebbe un sorriso di sprezzo che gl'illuminò tutta la bella fisonomia, un po' astuta, arsa dal sole e consumata dagli strapazzi; poi, frugandosi febbrilmente in petto, ne tirò fuori un medaglioncino legato a un nastro e lo cacciò con un moto convulso sotto gli occhi del brigadiere, dicendogli: – A lei, guardi; questa è la garanzia!

– La garanzia? che garanzia?

– Ma non capisce.... ma non ha capito ancora che io non faccio la spia! Che a me non importa nulla, nè del brigante, nè della gente che ha ammazzato, nè della giustizia, nè di Domeneddio! non ha capito che non ho più niente, che non mi curo più di niente, nè de' quattrini, nè della pelle, e che se son venuto da lei ci son venuto per uno scopo solo: Vendicarmi! Chè se io ricetto il fuoruscito lo faccio per una ragione sola: per farlo arrestare io, proprio io, e perchè lui lo sappia, dopo, che sono stato io che l'ho fatto legare e che lo mando in galera, perchè mi veda bene, ridergli sulla sua faccia di bronzo, quando loro gli metteranno i ferri ai polsi.... ha capito ora?

Il brigadiere guardava fisso, ancora imbarazzato, il ritratto sbiadito nel medaglioncino d'ottone; il bracconiere tirò un respiro lungo e seguitò a voce più bassa:

– Io ero in America e la Concetta s'era acconciata per casiera laggiù al Castellaccio, quando

"Napoli" che non mi conosceva andò per rubare e lei sentì, scese in quel modo com'era, scalza e in camicia e s'ebbe la scurinata che le divise la testa!

Quando tornai, il delitto era successo; d'allora, "Napoli" s'era dato alla macchia; battè le maremme e ne fece di tutti i colori. Io vendetti le poche robe che rimanevano, e venni a stabilirmi quassù coi miei risparmi; per vent'anni non ho praticato nessuno, sono stato solo come un rospo nella mia casa lungo il padule, in un posto, con tutto il rispetto, signor brigadiere, da cignali selvatici, ma lui, "Napoli", dopo mutò paese, battè l'agro romano, aggredì, ammazzò, rubò; non lo pigliavano, era come il lupo dell'Amiata, introvabile; poi sparì, lo credettero morto.... Oh! ma io lo sapevo, sa? lo sapevo che sarebbe ricomparso, lo sapevo; me lo diceva il core, e ho aspettato perchè avevo fatto un voto, e tutte le sere lo rinnovavo prima d'andare a letto, accomodando i fiori davanti al ritratto di quella santa; e finalmente c'è capitato, e stanotte gli darò asilo; io! in casa mia! capisce?

– Perchè, lui, non vi conosce?

– Non mi ha mai conosciuto! e come poteva immaginarsi che io stessi qui? In che modo sia andata non lo so, è stato un miracolo del cielo: c'è cascato, è in trappola e ci resterà.... Questo è sicuro!

Poi, mandando lampi dagli occhi, Pirico domandò a sè stesso: ma come ho fatto a trattenermi, stamane?

– Non ci mancava altro, – urlò il brigadiere: – se me l'ammazzavi, ero bell'e rovinato!

– Badi, c'è corso poco! c'è scattato un ètte; ma mi son fatto forza, ho pensato dentro di me: cos'è, per un uomo come quello, la morte? una liberazione! Invece, no! all'ergastolo, chiuso fra quattro mura, solo, co' suoi rimorsi, se ne ha, la morte lenta, a sorsi, a gocciole, ora per ora, minuto per minuto; creperà, come un cane.... e son venuto da lei.

– E questa, – disse il brigadiere rendendo a Pirico il suo medaglione, – questa sarebbe....

– Sissignore, la Concetta.

– Ma, lui, il brigante, dove l'avete pescato?

– Nella macchia, signor brigadiere, nel fitto della macchia.... preso in un laccio per una gamba, come una volpe, signor brigadiere, come una volpe, e non l'ho ammazzato! Par che sia venuto dal mare.... di dove precisamente non me l'ha voluto dire.... muto, su questo punto, come un pesce.... ma ha abboccato, però, ha abboccato, e stanotte....

– Stanotte cena da voi?

– E ci dorme! gli ho detto dove ho la mia casa, si ricorda dei posti, ci verrà....

– Vedremo. Io arriverò verso la mezzanotte....

– Venga un po' dopo....

– Con due uomini....

– Venga avanti lei solamente, mi faccia il piacere, li lasci appostati....

– Imito il grido dell'assiòlo....

– Lui dorme.... a farlo dormire ci penso io; ci ho un vino....

– Voi mi aprite....

– Lei entra in punta di piedi, io la guido fino al letto del bandito....

– Io gli punto la rivoltella alla fronte....

E parlottando a voce bassa i due uomini scesero le scale e arrivarono fino alla porta della piccola caserma dove, con una energica ed espressiva stretta di mano, si separarono.

***

La casa di Pirico, una capanna a un piano, bassa, sinistra, solitaria, si alzava al confine della macchia su un argine sempre verde per l'umidità di sotto che faceva prolificare l'erbacce, i licheni e le borraccine.

Un pezzo di prato coltivato a orto, una stalluccia scalcinata e rovinante, un rozzo canile per ricoverare il feroce "Paranà", ricordo dell'America lontana, quando piovesse, completavano gli accessi ed annessi di quella proprietà in miniatura, di quell'asilo d'un misantropo che s'era eletto a compagne le belve, a patria la foresta, tutto chiuso nel suo acerbo dolore e nel suo acre desiderio di vendetta, sdegnoso e solitario, isolato fra due formidabili barriere; la macchia e il padule.

Quando il bracconiere pose piede sull'argine e la sua alta figura si profilò sul cielo burrascoso, uno stormo d'anitre selvatiche si levò a volo con fragore sull'acque e "Paranà" sciolto a guardia della casa, balzò incontro al padrone festeggiandolo con perduti mugolamenti di gioia.

Pirico ebbe un sussulto, gli parve che tutto il sangue gli rifluisse con estrema violenza al cuore, si sentì mancare per la prima volta in vita sua e scivolò lungo il margine erboso, rimanendo a sedere sulla proda colle gambe ciondoloni nel campo sottostante, in faccia alla palude silenziosa; il cane gli posò la testa gigantesca sopra una spalla cercando di leccargli il volto, ma lui se lo tirò sulle ginocchia, appoggiò la fronte a quella dell'animale, gli disse tante cose negli orecchi pelosi tenendolo stretto, abbracciato come un fratello, e il cane guaiolava scodinzolando quasi capisse, e quando ebbero finito di discorrersi a quel modo, tutti e due avevano gli occhi come se avessero pianto, l'uomo e la bestia.

Quegli, finalmente, si levò su, a fatica, ed entrò in casa sempre seguìto dal cane, e lì cominciò a singhiozzare per davvero.

Andava, così, e veniva per la stanzetta bassa, caricando uno schioppo enorme, una spingarda da palude, con veccioni grossi come ceci e s'interrompeva ogni pochino per asciugarsi col dorso della mano le lacrime che scorrevano rotonde dai suoi occhi sulle gote ispide bruciacchiate dal sole, e passando dinanzi al ritratto della Concetta incorniciato di fiori sulla mensola di legno, gli buttava un'occhiata quasi a domandar coraggio.

Quando ebbe caricato il fucile, legò col guinzale "Paranà" (che mutò il mugolio in un abbaio rotto di gioia e di conquista), uscì con lui, lo legò a un piòlo sulla sponda del padule, si allontanò di qualche passo, disse, accennando al cane la linea lontana dell'orizzonte: Bada, sai!...

13

"Paranà" si voltò di scatto, guardando laggiù verso il cielo buio solcato di lampi, con gli orecchi ritti, una zampa rovesciata contro il petto, tutto il gran corpo irrigidito, e Pirico imbracciò l'enorme spingarda, mirò preciso e lasciò partire il colpo.

Il cane colla testa sfracellata, fulminato, s'accasciò sull'erba fradicia senza movimento; l'uomo gli legò al collo il guinzale, rotolato due o tre volte, poi cercò un sasso, fece un nodo scorsoio all'estremità del laccio, ve lo passò, lo legò ben forte, poi, voltandosi da un'altra parte spinse cane e pietra nell'acqua livida che s'aprì e si richiuse, con uno sciacquio breve.

Sul padule ripiombò tetro, plumbeo, il silenzio afoso del prossimo uragano, mentre uno svolo di corvi spaventati dall'esplosione della spingarda roteava alto sulla morta gora gracchiando spaventosamente.

Pirico, a capo basso, entrò in casa, levò il ritratto della morta dalla mensola di noce, lo baciò, se lo nascose in petto accanto a quell'altro, scaraventò via i fiori, poi afferrato un secchio, uscì; lo riempì due o tre volte, lavò le macchie del sangue lungo l'argine, poi, lasciatosi cadere a' piedi il recipiente che rotolò giù per il pendio erboso, nell'orto, rimase immobile guardando senza vedere, cogli occhi sperduti nell'immensità nebulosa che si stendeva di faccia.

Rimase così, lungamente, come se tutte le cose d'intorno gli fossero estranee e non s'avvide neppure di quando il sole calò sulla distesa d'acque livide segnandola in mezzo d'una lunga striscia vermiglia.

I nuvoli enormi, bassi che parevano colle pendule trombe delle nebbie sfioccate voler bere l'onde immobili di tratto in tratto balenanti di fosforo alla luce veloce d'un lampo, diventarono violetti, poi d'un turchino cupissimo, poi neri; sulla solitudine della lama diminuirono i bagliori, si affievolirono, si spensero; si udì intorno alle sponde l'intermesso e chioccio chiacchierìo delle rane lacustri che si rispondevano di ciuffo d'erba in ciuffo d'erba, di ninfea in ninfea; qualcuna, a un tratto, si tuffava, quasi con rabbia, con un tonfettino rapido e sordo: le altre seguitavano a parlottare, senza azzardarsi ad innalzare il gran canto della notte poi che la luna gialla non appariva sull'orizzonte barricato dalla nuvolaglia sempre più minacciosa e oscura.

Il buio ravvolse tutto come in un sudario opaco, un uccello acquatico gridò disperatamente – di dove? –, la macchia si agitò lontana con un tremito prolungato di foglie, poi fu silenzio, impenetrabile, assoluto.

Le bestie e le cose, atterrite, aspettavano mute lo scoppio dell'uragano che covava sopra di loro, e, nel silenzio, all'uomo parve di seguitare a udire il ciarlottìo delle rane, distinto, aspro, scolpirsi nel suo cervello in una fase di significato umano, ripetuta fino alla sazietà, fino al delirio.

Immobile, come abbarbicato al terreno, ardeva tutto; le tempie gli pulsavano in modo tremendo; davanti ai suoi occhi, nell'ombra si incrociavano faville; non discerneva più nemmeno il fioco, indistinto, freddo bagliore che divideva l'acque cupe dal cielo cupo; una nebbia cinerea gl'ingombrava il pensiero e in quella nebbia passavano e ripassavano, alternandosi, gli unici due esseri per i quali aveva vissuto fino allora: Concetta, il cane....

***

– Accidenti! credevo che foste morto! su, compare, su! bevete di questo, chè risuscita la gente! Venite in casa; cosa vi salta con cotesta febbre di sdraiarvi costì? ho dovuto faticare per trovarvi, sapete....

Il bandito, ancora forte come un rovero, aiutava Pirico a entrare nella capanna, reggendolo stretto col braccio sinistro sotto l'ascella, industriandosi col destro ad accostargli alla bocca una fiasca d'acquavite di grano.

Entrati dentro, chiusa la porta, sprangate le finestre, "Napoli" accese un lume, l'accostò alla faccia del compagno che batteva i denti, scrutandolo fin nel bianco dell'orbite con due occhi che parevano fiamme.

Il bracconiere, sotto l'azione del liquore atroce, ripigliava fiato, rifaceva il colore, si alzava, barcollante, buttava un fascio di sarmenti sul camino, vi appiccava il fuoco, borbottando: – Non è nulla, compare, proprio nulla; è la febbre, sapete, la febbre della maremma, mi ha chiappato a un tratto.... ora, mi passa, sto meglio, non ci pensiamo più; aiutatemi a far da cena.

"Napoli" guardò bene in viso il suo ospite, poi con una mossa dinoccolata s'alzò, si sfibbiò la cartuccèra, sfilò dalla cinghia dei pantaloni un pugnale, una rivoltella, depose ogni cosa sopra una seggiola.

Poi si levò da tracolla il fucile, una meravigliosa arma di Liegi, damaschinata, del calibro 10, a triplice chiusura, col calcio a pistola; verificò macchinalmente le molle dei cani che scricchiolarono seccamente, e l'appoggiò in un angolo, carico e al punto; quindi si mise a sfaccendare intorno al fuoco.

Mentre Pirico andava e veniva, colla brocca dell'acqua, coi piatti, i bicchieri, due fiaschi di vino, e buttava sul desco di quercia una tovaglia bianca e spezzava il pane duro dall'orliccio color di bronzo, il bandito rompeva l'uova nel tegame dove l'olio soffriggeva, pigliava dalle mani del compagno il barattolo della conserva, la versava adagio sulla frittata ravvolgendola colla forchetta di stagno.

Un'aria georgica circonfondeva quelle due rudi figure intente all'opera mite, mentre le loro immense ombre andavano e venivano sulle pareti bianche illuminate dalla *bilicne* a tre fiamme, sospesa per la catena alla bocca d'una serpe di ferro rozzamente contorto, e di fuori l'acqua scrosciava con rumore ampio e maestoso rovesciandosi sullo specchio del lago e sul fittume della foresta che ogni tanto si udiva, lontana, scuotere al vento la gran criniera di foglie.

Il pasto fu tacito, il bracconiere e il bandito mangiavano, spezzando il pane colle mani noderose e dandosi, di tratto in tratto, un'occhiata alla sfuggita, quasi che non si fossero ancora bene studiati l'uno coll'altro; infine, come il primo fiasco cominciava a diventar leggero alle mani che spesso lo impugnavano pel collo, e il colore delle gote livide rincupiva, acceso dal sangue che andava riscaldandosi, "Napoli" per il primo ruppe il silenzio.

– Compare, – esclamò tendendo il bicchiere pieno e scrutando contro il lume il suo baglior di rubino, – compare mio, se fate proprio sul serio, mi dovete permettere quale piccola domanda.

– Eccomi qua, – rispose il bracconiere, toccando il suo col bicchiere di "Napoli".

– Bene, – ripigliò questi dopo aver bevuto, – come va che voi che fate il cacciatore, che siete.... un po' in contrasto colla legge, che abitate qui solo, come le bestie feroci, non tenete nemmeno un cane; da cinghiale, da lepre, da pastori, nemmeno un pomero spelacchiato?

Pirico s'alzò senza rispondere, andò a una cassapanca, l'aprì, ne tirò fuori due collari, li buttò sulla tavola.

– A voi! – disse, – ne avevo due, due cani alti così, affezionati, capaci, umani.... e m'hanno ammazzati anche quelli!

– In che modo?

– E chi lo sa? non ho più nulla, nulla, nulla! tranne il fegato, la spingarda e la volontà di vendicarmi! Capite? E ho bisogno di girare la macchia, di notte e di giorno, senza cattivi incontri, capite? e poi, quando sarà quell'ora, filo sul barchetto e via.... verso il mare!

– Anco voi! verso il mare?! ma se fu mare che mi portò via ed è stato il mare che m'ha ricacciato quassù! Non intendete?

Pensò un poco, poi fece un gesto di noncuranza e, afferrando il fiasco nuovo, lo manomesse versando a vànvera nei bicchieri e arrossando la tovaglia.

– Perchè, – seguitò, – se voi fate sul serio, l'avete pure a sapere chi tenete in casa, no? Bene! io son di questi posti, o di vicino, e vengo.... di dove vengo non ve n'ha a importare; vi dico solamente che è la nostalgia che m'ha ricacciato a crepare qui; e andrò anco più in là, dove son nato, a farmi ammazzare, intendete, perchè fuori di questi boschi io soffoco, io ci muoio, ma ci muoio di mille morti.... perchè – (e s'alzò, un po' teatralmente, coll'orgoglio negli occhi di chi sa di produrre un certo effetto) io son "Napoli...", "Napoli", lo sbandito, e ci ho addosso mille lire di taglia, e n'ho morti una diecina, ecco!

E bevve d'un fiato, e posò il bicchiere, di colpo, sulla tavola, con un tonfo secco.

Pirico prese il fiasco e mescè di nuovo con polso fermo, guardando fisso il bandito che si ripiantava a sedere a rovescio, accavallato alla seggiola, coi gomiti poggiati alla spalliera.

Tacquero un poco, mentre il brigante caricava la pipa, finchè l'altro gli porse un fiammifero acceso, dicendo:

– "Napoli"!... siete "Napoli".... e va bene! e ne avete ammazzati dieci e, se lo dite voi, sarà; e ci avete la taglia di mille lire..., e va benone, e vi dico che questa casa è di me, com'è di voi, e che quando c'è pericolo son qua io, e non so perchè vogliate andare, come avete detto, più in là, forse al paese vostro, a farvi ammazzare.... e perchè?

– Perchè, – rispose il fuoruscito, abbassando la voce, – perchè ho da *farne* un altro....

E strizzò l'occhio, immergendosi in una nuvola di fumo.

– Oh! guarda!... e.... chi è?

– Questo non v'interessa.

– Avete ragione.... Scusate.

– Del resto.... cosa mi fa, a me, se ve lo dico? oramai.... dunque, datemi da bere, e statemi a sentire: è una faccenda che si riconnette al primo affare....

– Quando ammazzaste il primo, capisco...

– Cioè, quando ammazzai la prima....

– La prima?! Ah! perchè era.... una donna?

– Una donna.

Pirico, senza volere, accostò la seggiola a quella del bandito che seguitò, mentre l'altro, per dominarsi, beveva e cominciava a caricar la pipa anche lui....

– Si chiamava Concetta. Bella! bella, come la Madonna del molino fatta di terra bianca e pitturata! Lei ci aveva il marito in America, uno venuto di fuori del paese e costretto a emigrare perchè non lo volevano far lavorare, per via che era forestiero.... sapete bene.... le solite cose....

– Son pratico! – disse bruscamente Pirico lasciandosi cascar la pipa e chinandosi a raccattarla.

– Dunque lei era bella, sola.... io ero tornato da fare il soldato, quando trovai questa sposa giovine, senza il su' omo, e con lei s'era stati ragazzi insieme.... s'era fatto all'amore per ridere.... che è, che non è, ci si trova oggi, ci si trova domani, si ragiona del passato, si fruga nella cenere, e stuzzica oggi, stuzzica domani, si riaccende il foco spento e si diventa matti tutt'e due, matti da legare.... Cos'avete? vi ripiglia la febbre?

– Nulla, nulla.... ci sono avvezzo; guardate, ci bevo sopra.... andate innanzi!

– In due parole mi sbrigo. S'arrivò a un punto che si decise che si sarebbe fuggiti, tutti e due, chi sa dove, lontano; avanti che tornasse quell'altro. Però, mancava il più, voi m'avete bell'e inteso: io non avevo arte nè parte, lei faceva la casiera d'un villone detto il "Castellaccio"; stava lì in du' stanze, lontane un miglio buono dalla fattoria, intesseva la treccia e tirava avanti con quella e con quel che riceveva dal marito, ogni tanto; era poco e andava via in una notte, si consumava, tra noi due, facendo una ribòtta, chiusi lì in casa, col fiasco davanti e in libertà....

– Ah! – disse Pirico con la voce spenta, cercando febbrilmente il bicchiere sulla tavola, – e quell'altro....

– È sempre il marito che paga, caro voi; ma bevete, perdio! o dove l'avete presa una terzana in cotesta maniera?

– La notte.... all'aspetto.... andate innanzi.

– La conclusione fu che si finì per metterci d'accordo, una bella sera, di svaligiare la villa e poi.... filare! Ma le donne!! le donne, caro voi, chi se ne fida è un imbecille che non merita nè pietà nè misericordia, le donne sono arnesi più pericolosi del fucile e del pugnale, a manovrarsi.... Scottano e pungono, ecco! Lei mi credeva un ragazzo, lei mi credeva un babbeo; ora che s'era divertita, ora che s'era stancata di me, non sapeva cosa inventare di meglio per levarmi di torno, e inventò il furto, capite? e come la seppe fare! già in paese la credevano un *santificetur*, e avrebbero tutti, tutti giurato sulla sua testa! e invece... invece m'aveva tirato in un tranello, m'aveva; e la notte del furto era alla villa ad aspettarmi, scalza e ignuda, come dormisse.... ma col guardia....

– Il guardia?!

– Sì! Raffaello, un mestolone alto due metri, ma buono a nulla: mentre io, ci avevo il sangue rosso, caro voi, anche prima d'averlo guasto, e lei non s'aspettava che sarei andato all'appuntamento collo scurino infilato alla cintola.... eh! caro voi, i casi son tanti! e lo scurino mi fece comodo! Appena vidi, lui, in cima alla scala, col revolver puntato, e che mi diceva: fermo! e lei, colla scusa d'abbracciarmi, mi teneva stretto, diventai leone, diventai, la presi per i capelli, me la cacciai a' piedi.... e giù! un colpo solo!... lui? non sparò neppure. Credeva che mi sarei buttato in ginocchio, credeva! invece..., appena vide il sangue, si lasciò andare da una finestra del primo piano e via per il parco; e la mattina dopo, bùci! tutti zitti! era tornato il marito e l'aveva trovata morta ammazzata.... quella perla, quella santa, quell'angelo.... per difender la roba dei padroni! Ah! ah! ah! ah!

E. "Napoli", rise d'un riso cattivo, vuotando per la centesima volta il bicchiere. Poi, alzatosi di schianto e afferrando il fucile:

— Son vent'anni che aspetto; ora tocca a quell'altro.... andiamo a letto.

– Fermatevi, – disse Pirico concitato, levandosi in piedi anche lui, – Fermatevi....

– Cos'avete? – esclamò il fuoruscito, guardando fissamente, di nuovo, il suo ospite.... – che c'è?

Pirico gli fece cenno, col dito sulla bocca, di tacere; andò alla parete, tirò giù la spingarda, cominciò a caricarla, adagio adagio, colle mani che gli tremavano.

– Ma cosa fate, perdio! ammattite?

– Zitto, per carità, e state in ascolto....

Tacquero. Di fuori il vento rugliava follemente e si placava con delle soste lunghe; tutta la foresta si torceva sibilando con degli spasimi lamentosi, per assopirsi poi quasi in un languore molle, e l'acqua aveva smesso di cadere; si sentiva, nelle pause, il gocciolìo fitto da' tegoli nelle pozze.

– Coraggio e sangue freddo! – disse Pirico con voce sorda, irriconoscibile; – e abbiate pazienza, per carità! Se la scampiamo stanotte, a quell'altro.... ci penso da me!

Il brigante lo guardò, fece un movimento col fucile, poi si ricompose, mormorando:

– Ma che forse.... voi....

– Sì, son io! disgraziato! sono il marito della Concetta e vi ho denunziato quest'oggi!... eccoli! zitto!

E spense il lume; e aprì, piano piano, la finestra bassa. Un soffio gelato invase la stanza buia: di fuori, fra due strappi neri di nuvole agitate s'accendeva e si spegneva una lontanissima stella; taceva il vento; il fischio lieve, monotono, dell'assiòlo risuonò due volte nella quiete profonda.

Il bracconiere si strinse al bandito, lo toccò appena col gomito, poi i due uomini colle armi cariche imbracciate, cogli occhi dilatati che si sforzavano di penetrare l'oscurità, muti, feroci, attesero.

IL PANTANO.

A Toni Beltramelli.

– Aiuto! aiutoooo!...

Il vecchio bracconiere rimaneva immobile sotto la cappa del cielo plumbea livida che pareva pesargli addosso, schiacciarlo, ripiegandolo come una cosa miserabile a' piedi dell'enorme quercia fronzuta.

L'umidità, il freddo della sera, l'alito micidiale del padule lo lasciavano indifferente.

Che cosa potevano fargli, ormai? Ammazzarlo. Meglio; ma che una volta fosse la buona e non ci si pensasse più; anche la notte avanti quando era scattata la trappola da cignale, il micidiale spago teso da macchia a macchia e attaccato ai grilletti di due spingarde puntate, e aveva ucciso Dore, il silenzioso, gli era rincresciuto quelle pallottole di non essersele sentite entrar nelle viscere.

Tanto, che ci faceva al mondo? solo, come un cane, costretto a vivere d'espedienti e a marcirsi lungo le lame fetide, senz'aver più a casa un boccone di minestra calda, una fiammata allegra per isgranchirsi.... e non sentirsi neppure il fegato d'uccidere o di uccidersi! Meglio allora che la morte venisse da sè.

E coi polmoni guasti aspirava il fiato formidabile della palude assopita, come soleva assorbire il fumo della pipa rocciosa nei pomeriggi freddi quando lo stomaco era vuoto e gelato, per ingannarlo un poco.

Ma la macchia si pigliava chi le paresse e piacesse. Gli Aquilani feroci e lavoratori, quelli sì, li ammazzava col loro gruzzolo rimediato a stento in fondo alle fosse umide tra gli argini alti, li fulminava, gialli e gozzuti, sulla via del ritorno, quando pensavano i loro casolari alpestri e le loro donne alte dal naso arcuato e da' grandi pendenti d'oro alle orecchie.... lui no, non lo voleva, la febbre.

– Aiuto! aiutoooo!...

Il grido si ripetè nella sera senza tramonto, bucò le nebbie che salivano dense dalla gran valle chiusa che un lago morto impaludava, arrivò distinto fino agli orecchi del Monco, lacerante, acuto, terribile.

Allora il Monco si alzò, collo schioppo all'in giù, il cappello calato sugli occhi, il bavero della cacciatora di fustagno rialzato, la barba tremolante al vento della notte, e lungamente scrutò in giro l'orizzonte cupo contro il quale si disegnavano i profili mostruosi delle foreste lontane.

Poi si mosse, dinoccolato, adagio, in direzione del grido che ora si ripeteva più fioco e più spaventoso che mai.

Camminando, pensava.

Chi sarà stato a implorare in quel modo? Certo qualcheduno caduto nel pantano mobile, nella " mémma".... Se avesse trovato la sua donna che affondava? O se fosse stato qualche cacciatore smarrito nell'acquastrino? che buona mancia!

E se (e si fermò) avesse visto lui, lo Spezza, impantanato, invischiato, e si fosse messo lì a guardarlo morire adagio adagio adagio?

Non aveva finito d'accarezzare quest'idea che, a un tratto, dalla scesa d'un argine gli apparve la cosa tremenda.

Un uomo, ma che d'uomo non aveva più neanche l'effige, era affondato nel pantano mobile, nel punto pericoloso noto soltanto ai bracconieri di notte, ai cacciatori di frodo, usi a passarlo con una tavola di pino leggero nelle notti di luna quando avevano ammazzato un capo grosso all'abbeverata.

Nel crepuscolo tutto violetto che ricopriva d'una molle e languida nebbia d'una trasparenza azzurra, fantasmagorica, il terribile paesaggio dell'acquitrino, tra pochi ciuffi palustri, emergeva il capo della persona o dell'animale.

Ma era una persona.

Le mani battevano convulse la mota turchina, si volevano distendere lunghe e larghe, in piano, sul terribile elemento mezzo liquido, la bocca taceva, gli occhi (non si discernevano bene) dovevano balenare orrendi come quelli d'un lupo attenagliato; poi il ribrezzo la vinceva sulla ragione e le dita s'increspavano sul motriglio che sfuggiva, la testa si piegava, la bocca s'apriva a un grand'urlo e le spalle affondavano d'un altro centimetro!

Solo il cappello, slanciato avanti a distanza, come a sondare il terreno traditore, a guisa d'una bussola e d'una speranza, rimaneva a galla, fermo, siccome tutto il resto di quel tragico paesaggio dove nulla si moveva all'infuori della nebbia che saliva saliva, continuamente saliva, ricoprendo ogni cosa.

Davanti alla testa del moribondo, di traverso, era una lunga cosa oscura, forse il fucile delicatamente posato con la calma della disperazione sulla fanghiglia immonda per ritardare l'attimo inorridente.... ma anche quella cosa lunga e scura affondava, scompariva, inghiottita dal moto che agitava, per entro, l'abisso di fango.

Come il Monco mise piede, fuor dell'argine, sulle prime canne lacustri stroncate da un passaggio recente, parve che dall'altra banda l'enorme lago vischioso si sollevasse, oscillando, come una lastra di ghiaccio staccata dalla riva e l'uomo affondò un altro poco mugghiando come un toro impastoiato.

Allora il Monco fece un giro, passò tastando col piede ferrato e col calcio dello schioppo i rimasugli di terreno borraccinoso emergenti a fior del limo e s'accostò, cautamente, a pochi passi da colui che implorava; si fermò sopra un'isoletta di mezzo metro, si accomodò sur un tronco marcito che sporgeva fra i licheni grassi al par di funghi, poi, colla mano sulla fronte, scrutò fisso davanti a sè.

E lo riconobbe.

Lo riconobbe, e, senza perder tempo, tentò col calcio dell'arme la "mémma"; la tentò appena, la "mémma" si mosse e l'altro se la sentì arrivare al mento e, rovesciando la testa fino a infangarsi i capelli arruffati cacciò un grand'urlo.

– Spezza? mi riconosci?

– Finiscimi!

– Mi riconosci?

– Tirami una schioppettata nel capo, te lo chiedo per l'anime sante del Purgatorio!

– Io? io, ammazzare un cristiano? L'avrei dovuto fare quando era tempo e non l'ho fatto, dunque.... aspettavo che ci pensasse chi ci doveva pensare e ora veggo che il prete ha ragione: un Dio c'è!

– Ammazzami! vigliacco! ammazzami!... no.... vigliacco, no! sei bono, te.... sei un angelo di Dio.... e Dio t'ha mandato a salvarmi....

La mota gli radeva le labbra. Spezza durava fatica a discorrere, farneticava, mugolando piangendo ridendo....

Ma il Monco seguitava, implacabile: O come ho a fare a salvarti, se ho un braccio solo.... tu sei tanto forte.... mi piegasti in due, come un giunco, quella volta, te ne rammenti?... cosa gli può fare il Monco allo Spezza?

– Te lo giuro.... è stata lei.... io non ci ho colpa.... è una donnaccia.... non ne posso più nemmen io.... tirami fuori di qui e ti vendico io, te lo giuro!

– Non t'arrabbiare così, se no tra poco t'arriverà agli occhi....

– Aiuto.... aiutooo.... aiutoooo!!!

Ora lo Spezza urlava, come impazzito, quasi che gli alberi lo potessero sentire o i suoi urli potessero arrivare ai casolari di là dal bosco, ai casolari che, certo, a quell'ora accendevano i loro fuochi e aprivano gli occhi gialli delle finestre nel buio: e si dimenava in modo tremendo colle dita contorte che cercavano un ciuffo, uno stelo, un fil d'erba, qualcosa da attaccarsi, qualcosa da stringere, qualcosa da tirare; ma invano.

E il Monco caricava la pipa, ridicchiando: C'è un Dio!

– C'è.... c'è.... e per questo, salvami!

– Adagio. E se, dopo, appena sentita sotto i piedi la terraferma....

– Ti do quel che vòi! infame! ammazzami.... liberami.... una mano.... il calcio dello schioppo!

– E se, dopo, me lo dai te, il calcio dello schioppo, sul capo?

– Te lo giuro per la Madonna! te lo giuro per quella creatura innocente!

– Ecco, ecco.... di chi è la creatura, secondo te?

– Tua, Monco, tua! te lo giuro per Gesù crocifisso!

– O bravo Spezza! – E il Monco s'alzò; – la creatura è mia.... e io ti salvo. Ma non me ne voglio pentire.

– Monco, ti giuro....

– Stai quieto! stai fermo come un olio e t'assicuro che la "mémma" ti regge per un altro quarto d'ora.... però se ti muovi, se urli, se fai un gesto, son guai!

– Mi lasceresti.... così?

– Stà zitto, ti dico. Non voglio rimorsi, io! fermo, senza tirare il fiato, e io ti mando la donna; a ciascuno il suo, caro te! io mi piglio la creatura, che è mia, tu ti pigli la donna, che ora è tua.... ma stà fermo, io te lo dico, se no la rischia di non trovarci più nessuno.

Lo Spezza sbatteva i denti; nel buio fitto si sentivano scricchiolare l'uno contro l'altro come quelli d'un cane sopra un osso, mentre il Monco, col fucile all'in giù, il bavero della giacchetta rialzato, il cappello sugli occhi, si perdeva, quasi ingoiato dalla nebbia dentro la quale si tuffò a salti rapidi e sicuri, camminando sulla palude come sopra un'aia battuta.

Poi si levò il vento; segno che il sole era calato da un pezzetto, le rane gracidarono una volta due tre, poi tutte insieme innalzarono un coro assordante, mentre fra l'erbe alte e nel frascame lontano si sentivano quei tremiti e fruscii che indicano lo svegliarsi degli animali nemici della luce alla rapace vita notturna.

La Diavola cantava rabbiosamente stuzzicando un fascio di sarmenti secchi sul focolare e il ragazzo mugolava che aveva fame, dando, ogni tanto, un'occhiata all'uscio di dove credeva, di minuto in minuto, di veder entrare lo Spezza, quando si sentì bussare con forza.

– Eccolo!

La Diavola andò ad aprire di corsa e cacciò un urlo, esterrefatta.

Il Monco era lì, sulla soglia, col fucile in braccio e lo sguardo cattivo.

– E chi vi dà il coraggio?!...

– A me? chi me l'ha a dare il coraggio? Se non l'ho, il coraggio! Ma neanche ho avuto quello di salvartelo, il tu' ganzo, affondato nel pantano, qui, vicino al tomboleto....

– Non è vero, assassino! assassino!

E si spingeva innanzi, coll'ugne pronte, come avesse ragione lei, mentre il ragazzo le si attaccava alle gonnelle, piangendo.

—Non urlare! e fà presto, invece. Mi vòi più conciliante di così?

– Gigino! la fune!... cosa fai?... cerca, imbecille.... aspetta.... quella del pozzo.... questa è corta.... io perdo il capo!

– E, te lo dico, hai poco tempo da perdere, anche....

– Assassino! tu l'hai morto!

– Io? nemmen per sogno. Ma nemmeno l'ho salvato! tocca a te, se gli vòi bene.... io ho fatto i patti chiari.... te a lui.... e la creatura....

– E la creatura?

– A me!

– Prima t'ammazzo che rendertela!

Il Monco ebbe un baleno nelle pupille, ma si dominò e riprese, calmo:

– E va bene. Intanto và avanti e sbrigati, se la faccenda ti preme....

– Un lanternino.... un covon di paglia....

– Macchè lumi! o non ci son io? lesti, venite con me.... – e se li spinse innanzi, nell'ombra, come due pecore.

Andavano, muti, ansimando, fra mezzo le nugolate della nebbia che entrava loro in gola, tappando le bocche, mozzando il fiato, andavano incespicando, tentoni, come tre ciechi.

– Dov'è, dov'è?

– Laggiù.... scendi l'argine.... ci sei? il bambino? è con me, l'ho per la mano io.... a sinistra, ora a destra...

– Ma dov'è? Assassino!

– Non t'ho mai detto nulla.... t'ho lasciato fare quel che t'è parso.... Vi ho lasciato padroni in casa mia.... ma rimetterlo in piedi, io?... Via! era un po' troppo!...

Ora il Monco urlava, che la donna era già lontana sul piano di fango, poi si mise in ascolto, terribile, cogli occhi dilatati nell'ombra, stringendo il ragazzo contro di sè, cuoprendogli il capo col mantello pesante.

Si mise in ascolto e pregava Dio che non lo costringesse a fare una pazzia, ora che avrebbe avuto il fegato di sdraiarli tutti e due con la sua vecchia spingarda, se fossero ritornati per ripigliargli la creatura; sua, sua....

E sporgeva il collo, nell'ombra, fuori del bavero alzato.

Un grido, un altro, poi.... più nulla; la nebbia morbida, spessa, densa, attutì ogni romore, nascose ogni oggetto; ma il Monco l'aveva riconosciuta bene, la voce acuta della Diavola. Dio gli aveva fatto la grazia! E si cacciò nel pattume col ragazzo in collo, tenuto stretto, sotto il mantello, col braccio buono.

Volava, più che non corresse, tastando l'aria col moncherino, in quel mare che li ricingeva di sopra, di sotto, dai lati, finchè un baglior fioco sbaluginò tra l'opacità fumosa, una porta cedette alla pressione febbrile della spalla e la bella vampata ormai alta e crepitante avvolse il vecchio e il ragazzo di calore e di luce.

Era tanto che non mangiava così bene, al calduccino, e mangiò e bevve e si scaldò e fece scaldare e mangiare e sopra tutto bere anche Gigino che, da ultimo, gli dormicolava in grembo. Allora lo mise a letto dopo averlo spogliato con ogni cautela, e nel rimboccargli il lenzuolo e rincalzargli la coltre tastava, tastava ogni cosa, coperte, guanciali, traverse, asserelle, quasi a ripigliar possesso di tutto, oggetto per oggetto; poi, come il bimbo giacque coi piccoli pugni chiusi, la bocca aperta e le palpebre abbassate sulle visioni oscure del sonno, tirò la tavola e la panca vicino al fuoco, ribevve ancora e pianse lungamente, pianse di commozione, pianse di felicità.

Ma ogni tanto si voltava cogli occhi sbarrati e rimaneva, fisso alla porta, donde temea, di minuto in minuto, di vedere entrare lo Spezza e la Diavola, brutti di fango, spaventevoli, e gettarsi sulla creatura per ripigliarla.

Infine, non resse più all'incubo atroce, aprì l'uscio, guardò di fuori; poi lo richiuse, lo sprangò, si mise accanto al bambino, col fucile carico tra le ginocchia, e tutta la notte vegliò il figliuolo così, spiandone ogni moto, anche il più lieve, guardandolo con intensità frenetica fino a scolpirsene nella memoria i tratti più fuggevoli, ma tendendo l'orecchio, col cuore sossopra, verso la porta....

Ma la notte passò lunga e muta, come se la nebbia avesse sepolto il mondo, e quando il sole ruppe da levante con un tramontanino secco che pulì il cielo come la spugna lava un vetro, il Monco per la cognita scaletta della casa, ritornata sua, s'arrampicò a cor leggèro sul tetto, d'onde si spaziava su tutto il padule; e non vide nulla, altro che un immenso specchio azzurrastro con dei riflessi di rosa e dei bagliori d'acciaio.

E ridiscese, ringraziando il cielo, e baciò disperatamente il fanciullo che si svegliava piangendo perchè la barba del Monco gli aveva punto una gota.

IL VENTO.

A Ferdinando Martini.

– Sbaglierò, – dissi al vecchio bracconiere abbottonandomi frettolosamente la cacciatora, – sbaglierò, ma questo è un vero e proprio ciclone; tra poco sentirete che musica!

Il vecchio bracconiere non rispose, ma seguitò a camminare al mio fianco scrutando cogli occhi la sottoposta boscaglia dove aveva già lasciati scorrere i cani, mentre noi si cercava di raggiungere alla svelta la pòsta di Poggio Lombardo, un colle tutto scope e quercìòli, più fitto d'una ragnaia e chi sa per quale ragione gratificato di quell'aggettivo.

Il monte era aspro, ma la pòsta era buona ed eravamo sicuri di vedere arrivare dal crocicchio qualche bella lepre di macchia respinta lassù dalla canizza, e per questo preferivo quel punto ai molti altri di cui è dovizia nella gran selva di Bifonica tutta macigni torrentelli e boschi opachi, sempre agitati dal vento.

Il vento!

La Bifonica pare il dominio scelto dal mitico re dell'aria per richiamarvi dalle montagne lontanissime dove urlarono e si sferrarono a gara colle saette e poi incatenarli tra i meandri capaci di smorzare il loro furore, i leggendari figliuoli alati e dalle bocche gonfie; forse dal vento che la imbocca e la percorre vittorioso da due foci diverse svegliando due echi opposti che nelle notti lunghe d'inverno si rimandano, moltiplicandoli, i latrati delle volpi in amore; forse dal vento che talvolta si arrampica leggero su pel dorso dei colli e, giunto in cima, afferra e arruffa e sparpaglia le loro grandi criniere arboree; forse dal vento che, sull'orlo del grande cratère di monti dove s'inabissa la selva, disperde le nuvole illuminandola tutta, o le rammonta l'una sull'altra rendendola oscura cupa terribile; forse dal vento che vi s'abbandona urlando o vi si rifugia gemendo e mormorando, ebbe il nome la Bifonica.

Sulla parete più aspra, in contro all'antica strada Romana, dove i sicari dei Bondelmonti calavano a predare, si leva ancora la costruzione grigia d'un romitorio abbandonato da qualche secolo.

Accanto v'è una casa da contadino fabbricata di pietre e di mattoni, un ammasso strano di sasso bigio e di cotto rossastro, vigilata da un fico sempre verde alla cui ombra siede spesso una fanciulla scalza, guardando con occhio distratto due o tre pecore grame in bilico fra le scope lungo il pendìo scosceso; e dietro spunta una corona di cipressi tetri dalle punte aguzze che paion richiami naturali de' fulmini.

Lì stava e ci sta ancora Cirillo, contadino a tempo perso, pecoraio qualche volta, bracconiere sempre.

Era per quest'ultima qualità che lo avevo elevato al grado di mia guida e anche di confidente attonito e discreto, perchè quando la quiete sconfinata del bosco nei meriggi afosi e nei tramonti color viola mette addosso quello strano malessere, quel senso acuto di nostalgia ignoti a chi non ha vissuto la vera vita primitiva e selvaggia, fa bene, è necessario aver qualcuno a cui indirizzar la parola, vi ascolti o no, vi risponda a tòno o non vi risponda affatto, qualcuno che serva di pretesto a far risuonar la voce umana che assume dalla solitudine una sonorità inconsueta.

Cirillo, del resto, era buono e bravo.

Tarchiato, tozzo, una gran testa leonina di capelli grigiastri sopra un collo di toro, il petto sempre nudo, le braccia tonde e brune troppo lunghe in confronto alla statura e terminate da mani inverosimili, le gambe arcuate, il piede largo dal pollice divaricato uso alla presa per i pendii scoscesi durante le lunghe camminate scalzo, aveva davvero l'aspetto dell'uomo silvano; e mi compiacevo a vedermelo trottare innanzi reggendo colla sinistra sulla spalla il fardello dei viveri e colla destra, armata di un fruscolo stroncato a qualche pianta giovine, andar battendo scope e mortelle per farne schizzar la lepre.

Quel che però mi colpiva sempre in Cirillo, come se lo vedessi per la prima volta, era lo sguardo.

Aveva gli occhi azzurri, incassati nell'orbite e protetti dalle folte sopracciglia riunite, ma questa caratteristica che si vuole degli uomini truci o capaci di mal fare, metteva invece nelle sue pupille come un velo d'infinita tristezza, che si dissipava soltanto in certi momenti.

Sì come egli non parlava mai, se non veniva interrogato ed anche allora molto sobriamente, così io avevo avuto modo di osservarlo con attenzione, con una curiosità, oserei dire, quasi da scienziato; e si rifletta che questo dilettantismo psicologico è più che naturale in uno che, già uso a ragionar sulle cose, sia costretto al raccoglimento assoluto dei boschi.

Così, con mio sommo stupore, potei constatare un fatto inesorabilmente controllato (mi si passi la barbara espressione) da cento riprove: che, cioè, quando si saliva di pari passo l'uno accanto all'altro, qualche erta faticosa, Cirillo accelerava il passo via via che ci si avvicinava alla cima e che il vento raddoppiava di violenza dandocene quasi l'avviso; quando poi si era in vetta, avesse tirato anche il più strapazzone dei tramontani, il mio compagno di caccia si fermava, facendosi ravvolgere dalle raffiche quasi con voluttà e il suo occhio passava con rapidità indicibile da una cupa espressione di ferocia che non gli era abituale, anzi che divampava un attimo a guisa di baleno in quelle pupille profonde come una pozza limpida, alla consueta espressione di calma serena velata un po' da un languore triste che s'avvicinava moltissimo al pianto.

Cotesta mattina, accorgendomi che il vento tirava in modo eccezionale, mi fermai a un terzo del sentiero ripidissimo che conduceva alla pòsta ed avvertii Cirillo come non mi paresse consigliabile il proseguire.

Cirillo mi guardò in modo così strano che non lo dimenticherò mai, campassi mille anni, poi aggrottò le sopracciglia, corruscò le pupille, quasi con rabbia feroce e abbassando la testa nuda coi lunghi capelli che s'agitavano in tutti i sensi, mosse ancora qualche passo innanzi, senza rispondermi.

Ma io lo seguii rapido, e battendogli con ira sopra una spalla e accennandogli col fucile impugnato il largo giro dell'orizzonte: – Ma siete pazzo stamane, – gli dissi brusco, – Cosa vi piglia? Credete proprio che voglia capitombolare nel borro per il vostro capriccio?

Contemporaneamente i quercìòli presero a dimenarsi in modo tremendo agitando le foglie, a scricchiolare, a torcersi, come una frotta di spiriti, e una folata sibilante, piegando le scope, sbucò dalla cima del colle, arrivò fino a noi, sfiorandoci la faccia, ributtandoci indietro con braccia invisibili, mentre il mio cappello floscio, raddirizzate di colpo le tese che avevo abbassato sugli occhi, mi si sollevò sul capo, roteò per aria, invano seguìto dalle mie mani annaspanti, tanto che corsi il rischio di ruzzolare dal margine giù per la scarpata, poi preso da un mulinello furibondo, girando come una trottola in mezzo a nuvoli di fuscelli e di palèo, scomparve dalla nostra vista in meno che non direi amen.

– Perdio! – bestemmiai alzando la voce per farmi sentire fra mezzo ai sibili della bufera, – non siete persuaso ancora? fischiate i cani, e torniamo addietro! Non vo' mica rimetterci la pelle per una lepre, sapete?! fischiate i cani.... via!

E dètti volta.

All'ordine perentorio Cirillo si fece di bragia, ma ubbidì con prontezza meravigliosa, scendendo di corsa verso di me, poi affacciandosi all'orlo del dirupo emise colle due dita cacciate in bocca un fischio lungo, acuto e bizzarro, al quale di lontano rispose un latrato lungo, di lupo.

I cani abbaiavano "a padrone". Avevan capito.

E si cominciò a calare, incespicando nei sassi, cogli occhi al suolo per non cadere, mentre il colore del terreno rincupiva sempre più e l'erbe si rovesciavano dalla parte chiara, indizi sicuri che il cielo sopra di noi doveva esser nero come la bocca del forno.

Arrivati al piano, vedemmo giungere i cani di gran galoppo, strafelati, colle lingue rosse penzoloni dalle labbra floscie, il pelo irto, la coda raggricchiata fra le gambe; alzammo gli occhi e subito li percosse il bagliore d'un gran lampo bianco e silenzioso che parve su tutto il cielo d'un bigio rossastro una subitanea vampata calda; a destra, contro uno strappo chiaro, il campanile di Bagnòlo, rosso rosso, si profilava esiguo quasi stesse per essere schiacciato dalla cappa plumbea che si stendeva di sopra.

Cirillo si cacciò risolutamente per il viottolo fra i macigni spezzati che menava diritto per la parte più ardua, ma più breve, a casa sua e mi disse, cominciando a salire:

– Ha ragione lei, signorino, vuol esser proprio un affare serio!

– Finalmente! – esclamai, – hai sciolto la lingua.... ma, per carità, ora va' piano tu, chè non voglio schiantare per risparmiarmi due gocciole d'acqua.... – E, camminando sempre, seguitavo: – Cosa diavolo ti pigli certe volte, non lo so; oggi poi ti credevo ammattito! Vedrai di qui a un quarto d'ora che roba! Questo è un ciclone vero e proprio. La Bifonica è pericolosa e famosa per questo....

– Scusi, o come fa a saperlo, lei?

– Come fo? Ti devi figurare che perfino uno scrittore antico, del Cinquecento, un certo Machiavelli, racconta d'un ciclone che si partì, come questo, dalla punta di San Casciano, investì Bagnòlo, scoperchiò il tetto della chiesa e tutte le case e scaraventò quaggiù in questi burroni un povero barrocciaio co' suoi muli e ogni cosa!

Cirillo mi stava a sentire, trasognato, senza batter palpebra, poi si picchiò la fronte con una mano ed esclamò con voce strangolata:

– E ci ho quelle due creature, capisce? e non ci pensavo!

Dopo di che prese a correre per l'erta con passo talmente veloce che, quando arrivai davanti alla casupola, ero di già bagnato dalle prime gocciole cadute mentre lui aveva bell'e acceso il foco e dato da bere ai cani che s'erano sdraiati sotto la tavola con tutte e quattro le zampe distese, come se fossero morti.

Intanto Cirillo mi faceva, a modo suo, gli onori di casa, scusandosi e dandosi un gran da fare, mentre io l'ammonivo di non pigliarsi soggezione e l'aiutavo a tirar fuori le provvigioni e apparecchiare alla meglio.

Non ero mai stato a casa sua, perchè lo trovavo tutte le mattine puntuale come un oriólo, al principio del bosco, dove mi pigliava la sacca delle provviste e scioglieva i cani.

Mentre si mangiava, la bufera scoppiò davvero in modo che pareva proprio che scrollasse la montagna intera dalle fondamenta e l'embrici ballavano sul tetto, alla rabbia del vento, con un rumor di gragnuola; il bimbo e la bambina, ad ogni soffio di baleno che inondava tutta la stanza lasciandoci negli occhi un barbaglio di scintille e dopo, d'intorno, buio e silenzio, si stringevano alle ginocchia del babbo che li guardava con una tenerezza infinita, un po' strana in quell'uomo selvatico, e li baciava sui capelli; poi, come i tuoni rotolavano sempre da grotta a grotta con fragori sinistri, i fanciulli bruciavano un po' d'ulivo benedetto al lume della Madonna e, co' loro pezzi di pane e di companatico, si ritiravano in un cantuccio alternando un boccone e un'invocazione alla Vergine.

Mescendo il vino, mi venne fatto di guardare que' due ragazzi e, nel cercare invano la donna che li avrebbe dovuti custodire, di domandare a Cirillo se era vedovo, e da quando.

Alla domanda, il vecchio bracconiere abbassò il capo sul petto, rimase brevi istanti come pensieroso, poi tracannò d'un colpo il bicchiere del vino e mi disse, guardandomi bene in viso:

– Lei è un uomo e a lei posso dire ogni cosa.... Dianzi.... quell'altre volte.... insomma, sempre quando il vento soffia così, io provo un non so che, sento un affare.... come faccio a spiegarglielo? Tutto per via di lei, che è sempre viva, capisce? sempre viva!!

Rimasi col bicchiere a mezz'aria, senza finirlo di portare alle labbra.

– O cosa c'entra il vento? – rincalzai.

– Glielo spiego in du' parole.... benchè mi faccia un certo effetto.... benchè mi metta un gruppo, qui alla gola.... ma lei è un uomo e poi, sfogarsi, qualche volta, fa bene....

"O senta! L'ha mai vista la Madonna, lei? no? e neppur io; ma se c'è, può essere come quella, salvando il paragone, più bella no. E dire che sotto a quell'aspetto di santa levata dagli altari.... Basta! io che discorro con lei e mangio e bevo e quelle due creature innocenti, siamo qui per un miracolo del cielo, lo creda a me, per un miracolo del cielo!

"Si deve figurare che io mi levavo la notte per andare a tagliar la legna, mentre il giorno cercavo di far fruttare questo terreno che è tutto galestro e alberese, glielo giuro! galestro e alberese, e ora c'è la sua vite, il suo olivo, e il fico e l'ortaggio e ogni cosa!... A tavola il miglior boccone era per lei; aveva il vezzo di corallo, aveva l'anello, aveva le buccole d'oro, capisce?

"E quando la raccattai dalla polvere della strada era una zingara, nuda bruca senza neanche la camicia addosso! nulla!

"O perchè ebbi compassione di quella ragazza, tanto più giovane di me?

"Ma era così bella! e io me ne tenevo, la festa, quando mi rimpannucciavo un po' e andavo a giocare alle bòcce sul sacrato e la vedevo discorrere, alla lontana, con l'altre donne, mentre tutti quelli che passavano me la divoravano cogli occhi.

"Poi lo spirito maligno la prese per il collo, chi lo sa come, l'accecò....

"Ma si figuri che io, a lui, più che a un fratello gli volevo bene, e per lui c'era la porta aperta e il fiasco a disposizione.... Sì! perchè non si vergognava neanche a mangiare il mio pane.

"Ma quando li sorpresi, lì, vicino alla macchia, quel giorno di luglio, un giorno come oggi, me ne ricorderò sempre, rimasero diacciati dallo spavento, diacciati! Era la paura ed era il rimorso, perchè non avevano scuse, non c'era remissione, per un'infamia, un'iniquità come quella!

"Io ridevo, ridevo col pianto in gola, vedendoli fuggire giù per il dirupo, ruzzolare fra le scope, insanguinarsi tra i sassi.... ridevo! Cos'era, per me, raggiungerli e freddarli?

"Come un fulmine, traversai l'orto a salti di lupo, montai le scale, staccai lo schioppo dal muro.... maledizione! era scarico....

"Colla bacchetta tra i denti, strappavo colle mani tremanti li stoppacci.... poi li calcavo.... con un furore!... se avesse visto, che carica!... da far scoppiar le canne.

"Finalmente agguantai lo schioppo e giù, a fittoni, per il burrone. Li vedevo sempre annaspare, incespicando, arrampicandosi colle mani, coi piedi, lui senza giubba, senza cappello, lei con tutti i capelli biondi che sventolavano.... perchè s'era levato il libeccio e il cielo rincupiva come oggi, tal quale, e non fui a metà dell'erta che sentii i querciòli fischiare e urlare tutti insieme come dianzi; poi scoppiò un tuono, tutte le scope si piegarono e tremavano che pareva fuggissero, e loro scomparvero lassù dalla cima avanti che ci arrivasse il turbine che veniva da San Casciano, diritto, come ha detto lei poco fa.

"Prese me in vece il turbine, mi prese in pieno petto come un gran pugno, mi rovesciò; mi rialzai, tornò a ributtarmi in terra. Io piangevo, bestemmiando, attaccato a una ceppa di querciòlo colla sinistra, dondolato sul baratro come uno straccio trattenuto da un chiodo e colla destra cercavo di mirarli, alla meglio, mentre apparivano e scomparivano fra le scope alte sul poggio di fronte, più bassi di me.

"Non c'era versi, non mi riusciva. A un certo punto, proprio quando m'era parso di esser arrivato a imbracciarmi, una folata tremenda mi rigirò con le spalle contro l'albero portandomi, nel tempo stesso, un belato e un grido, fiochi e lontani.

"Di faccia, tra 'l velo dell'acqua, vedevo le pecore fuggire su verso casa e la bambina, sotto quel diluvio, colle mani nei capelli, che si disperava, lassù....

"Allora rifeci la china, m'arrampicai per il poggio, col cuore in gola; arrivai qui, fradicio, intinto, disperato; buttai il fucile in un canto, presi la bimba sulle ginocchia, mi tirai il ragazzo sul petto e piansi, non mi vergogno a dirglielo, ma piansi tanto....

"Vede? Fu il vento, fu proprio il vento che non volle ch'io mi vendicassi, e mi salvò, me e quelle creature innocenti...."

E scrollando la testa con aria rassegnata, accennò a' bambini i quali, finito il pane e le preghiere, s'erano arrampicati sopra una seggiola e avevano spalancato la finestra dalla quale entrò una buona ondata di odor di bosco e di luce fredda.

– Babbo! babbo! guarda! – esclamò il più piccolo battendo le mani tutto felice, – bello, l'arcobaleno!

Ci alzammo entrambi, ci si fece sulla porta, respirando a pieni polmoni.

– Davvero! – disse Cirillo, accennando intorno a noi il bosco tutto fradicio e scompigliato, – e il vento resta.... la bufera, ormai, è passata.

L'ULTIMO FUORUSCITO.

Ad Ada Negri.

I suoi padri avevano fatto così; avevano fatto così gli avi lontani dei padri suoi; la tradizione passata di famiglia in famiglia, pei secoli, la legge naturale, imponevano di fare a quel modo ed egli lo aveva fatto, senza esitazioni e senza timori.

S'era vendicato!

La storia è vecchia e rassomiglia a tutte l'altre del genere. Il signorotto aveva usurpato i suoi diritti di marito, aveva affamato la sua famiglia, costretta a morir quella martire, discacciato pel mondo il figliuol suo, trattenendo sotto il comodo tetto paterno il frutto della violenza....

Egli s'era vendicato! Aveva ucciso il traditore, ne aveva dispersi i parenti, s'era ricordato, a uno a uno, degli accusatori prezzolati e delle spie. Nessuno in tutta la Maremma aveva osato alzare un dito contro di lui nemmeno per frenarlo in quell'orgia di strage; e chi s'era provato aveva fatto conoscenza colle canne dell'infallibile fucile.

E, del resto, perchè dovevano farlo? Era nel suo diritto. L'antica legge dei popoli nomadi, delle tribù selvagge, degli uomini primitivi, parlava chiaro: occhio per occhio....

Ed egli ancora, dopo tanti anni trascorsi nel cuor della macchia, fra mezzo le insidie, i disagi, le angosce senza nome, rugoso, imbiancato, non stanco nè sazio, ricercava l'introvabile "figlio della colpa", ben deciso ad estinguere, giusta il costume, la maledetta stirpe.

Ma anche qualchedun'altro cercava, il vecchio Stoppa (tale il soprannome del fuoruscito), Stoppa l'irreperibile, tipo classico delle antiche maremme toscane, giustiziere senza pietà, ma generosissimo raddrizzatore dei torti e delle ingiustizie.

Nei silenzi della macchia, nelle soste lunghe sotto l'intrico serpentino delle barbe e dei rami aggrovigliati da secoli e rilegati da ghirlande di parassitarie sovrapposte così che sul terreno sottostante non filtrava atomo di sole o goccia di pioggia, nelle notti eterne passate fra le scope cogli occhi alle stelle scintillanti nel cielo nero, quando era sereno, o nelle cantine o nel solaio di qualche fittavolo compiacente quando l'uragano muggiva agitando il mare e scotendo la foresta come se volesse sradicarla, durante le fughe pericolose, caute, su per la montagna rutilante di smeraldo, o lungo i paduli precinti di azzurre nebbie micidiali, nelle tenebre e nella luce, nell'albe e nei tramonti, nella veglia e nel riposo, in quel core feroce che s'infiammò per affetto e per affetto continuava ad ardere, rapido e penetrante come una pugnalata si cacciava un ricordo.

Ed era vano che, graffiandosi il petto velloso coll'ugne incolte delle mani robuste, il bandito cercasse di sconficcarsi dal seno quella invisibile punta che s'addentrava sempre di più, dandogli spasimi e torture senza nome, quasi gli bucasse l'anima!

Tutto sè stesso avrebbe dato per rivedere il figliuol suo, che doveva essere alto, ora, e forte.... come era stato lui!

Ma perchè, gli avevano detto i lontani parenti che raccolsero il povero innocente, ma perchè volete disfargli l'avvenire e costringerlo a diventar rosso in cospetto agli amici ed ai compagni?

Era giusto; dal momento che, nell'immensa disgrazia, il ragazzo aveva avuto almeno la rara ventura d'imbattersi in quei collaterali (come suol dirsi), gente ordinaria e all'antica; ma buoni come il pane e facoltosi da potersi permettere di farlo studiare in un collegio, da dove era passato all'Università di Pisa.

Quando sarebbe tornato, dottore e uomo, allora.... allora avrebbero visto come si poteva fare a illuminarlo alla meglio sulla sua origine triste.

Per ora, silenzio! E il fuoruscito, col cuore che gli sanguinava, a scorrazzar per la macchia da dritta a manca, aiutato, riverito, nutricato e alloggiato di tutto punto.

Birri e giandarmi battevano il monte? Stoppa, comodamente, cenava in qualche deserta fattoria del piano, fra uno sciame di "broccioni" irsuti e di belle ragazze, tutta gente che si sarebbe fatta tagliar la gola piuttosto che denunziare "lo zio" come lo chiamavano scherzosamente.

Birri e giandarmi frugavano, travestiti, la macchia? Stoppa, a cavallo, in grandi cosciali di pelle di bufalo, col fucile all'in giù ficcato nell'alta sella maremmana, in bocca la pipa corta di radica, il laccio rotolato sull'arcione dinanzi, la pertica, lunga a guisa di lancia, nella destra, galoppava sopra un cavallo tutto pelo dalla lunga criniera svolazzante come la chioma delle tamerici e le nari rosse e fumide, su per le vaste praterie insieme ai butteri barbuti, inseguendo le mandre di bovini dalle lunghe corna, pazzi di spavento, dentro le staccionate alte due metri.

Birri e giandarmi si riposavano, ascoltando e domandando, nei paesi o nei borghi? Stoppa filava sul barchetto, lungo l'acque silenziose come quelle della palude Stigia, ficcando nella mota una pertica che pareva un albero da caravella e fischiando la sua più gioconda canzone.

Astuto, agile, audace, era divenuto leggendario e si raccontavano di lui tratti che parevan miracoli.

Una volta, a Scansano, si fece passare avanti, gentilmente, in una bottega, un graduato dei giandarmi e gli offrì di sua mano le "buchette" del tabacco perchè scegliesse il migliore; poi s'accompagnò con lui, fece qualche passo insieme, montò s'un baroccino che aspettava e slanciando il cavallo, senza dar di martinicca, giù per la famosa e ripidissima scesa, come un demonio, gridò al giandarme pietrificato: "Si ricordi di me.... di Stoppa!".

Un'altra volta avvertì alcuni contadini d'una fattoria che non accogliessero a lavorare un tale che l'aveva denunziato; ci badassero bene perchè, tanto, la necessità lo spingeva ad ammazzarlo e non voleva disturbarli con lo spettacolo della strage.

Quelli non dettero retta e Stoppa arrivò di pieno mezzogiorno, mentre mangiavano all'ombra di certi mori, accanto ai bidenti e agli aratri, e come si levavano in piedi coi volti pallidi, li rassicurò d'un gesto, imbracciò il fucile, esortando la spia a raccomandarsi l'anima a Dio.

L'uomo urlava, divincolandosi sulle zolle come un verme spezzato in due, senza pensare neppure a fuggire, colle gambe paralizzate dallo spavento, e si raccomandava che l'aiutassero per carità.

Stoppa, tranquillo, aspettava consigliandolo paternamente a rivolgersi a Dio e a chiedergli perdono de' suoi peccati invece di arrabbiarsi e bestemmiare in quel modo, in punto di morte....

Il disgraziato, finalmente, coll'esclamazione "Dio mio, aiutatemi!", trovò il fiato per spiccare un salto e darsi alla fuga; e Stoppa gli sfracellò il capo, così, mentre correva, come a una lepre.

D'allora in poi non ebbe amici e protettori più fidi di quei contadini.

Ma bisognava vedere com'era amato dai vecchi! I vecchi i quali sapevano com'erano andate le cose; i vecchi i quali avevan conosciuto quello che aveva disonorato e rovinato Stoppa; i vecchi che al processo in contumacia del fuoruscito avevan fatto di tutto per dimostrare quanta ragione avesse; ma invano! Colla legge non si ragiona e chi ha ammazzato deve pagare.

Ma non lo permisero. Una tacita associazione si formò per incanto, si dettero l'intesa da casolare a casolare, da chiuso a chiuso....

Mai bandito al mondo ebbe tale una coorte di favoreggiatori devoti a sua disposizione: e Stoppa dove passava lasciava ricordi di sè, dove si fermava piovevano le benedizioni.

C'era un fattore che taglieggiava i sottoposti per arricchirsi indebitamente? Una palla gli portava via il cappello e mentre il cavallo ricalcitrava impennandosi, si vedeva sbucar fuori dalla macchia, come un lampo, l'alta figura barbuta di Stoppa che agguantava le redini col pugno d'acciaio, fermava la bestia, dava al fattore dei saggi consigli, poi lo rimetteva sulla buona strada senza chiedergli neppure un paolo!

Due briganti spiccioli che s'erano provati a scorrazzare, rubacchiando a nome di Stoppa (come se Stoppa avesse avuto bisogno di una banda!), e che eran doventati il terrore della povera gente, furono presto levati di mezzo.

Gli uccise tutti e due nello stesso tempo con due fucilate, mentre saltavano una staccionata per rifugiarsi nella macchia; bel colpo! lo ricordavan sempre, lo chiamavano "la coppiola di Stoppa".

Ormai, però, era qualche diecina d'anni che il terribile fucile non ammazzava altro che cignali, daini, lepri, beccacce, germani....

Nel camposanto di Talamone giacevano da un pezzo le ossa del principale colpevole, causa di tutta quella rovina, della vittima innocente, dei confidenti, dei falsi testimoni; non c'era più nessuno che desse noia al bandito, tranne il bastardo; ma che importava s'era figliuolo anche di lei? aveva quel maledetto sangue nelle vene anche lui e il sangue di Stoppa non si poteva acquietare se prima non versava quell'altro, tutto, fino all'ultima stilla.

L'antica legge della vendetta parlava così e non ci si poteva sottrarre al destino.

Ora per assolvere il suo giuramento il bandito aveva più d'una difficoltà da superare; trovare il nemico poteva esser facile, ma riconoscerlo era più difficile ancora!

Dopo che in quella tragica notte d'ottobre il cadavere fu trovato in mezzo alla via fangosa dove era giaciuto tutta la notte sotto il diluvio torrenziale e subito, a giorno chiaro, un'altra schioppettata freddò il fattore che usciva di casa, proprio sull'uscio, lo spavento penetrò nella grande casa deserta, battè con l'ali viscide, di pipistrello, le pareti scialbe sotto i soffitti enormi, s'accovacciò nell'ampio camino, fra gli alari di ferro, sulle ceneri spente, diacciando i superstiti che non osavan più muovere un passo.

Poi, adagio, adagio, guatandosi alle spalle, uno dietro l'altro, abbandonarono la casa dell'infamia e del delitto, e una donna, pietosa barcollante e ricurva, l'ava, ormai deserta, nascondeva, sotto il grande scialle, il mal seme che, giusta la tradizione, avrebbe dovuto essere estinto.

Per sette generazioni il sangue si trasmette colle abitudini dei padri ai figli, ai figli dei figli, e le razze continuano a cercarsi, traverso i lustri (con il lento metodo onde ricercano la pésta delle belve sull'erba fra i tronchi bistorti, o sul limo, fra le canne querule), sparpagliandosi in varie direzioni, fuggendo, ogni tanto, da una gran chiazza di sangue vermiglio, per ricominciare, da capo, sempre, così.

Ora il bastardo era tornato, era uomo; doveva essere educato alla stessa maniera; cosa vuol dire se l'avevan fatto studiare, come l'altro, il suo? I superstiti delle due razze si sarebbero cercati coll'odio vicendevole contro le stirpi avverse, col furore della vendetta nei polsi; e il bastardo era giovine, sarà stato bello, specie se somigliava.... sì! doveva somigliare la madre, doveva essere biondo come lei, con gli occhi azzurri da' riflessi d'acciaio come lei!

Ma nemmen questo pensiero poteva trattenere il fuoruscito nella incrollabile decisione di compiere fino agli estremi quello che credeva un assoluto dovere per tradizione e per coscienza, impostigli dalla viva parola dei vecchi, acquisita istintivamente, penetrata in tutto il suo essere, dal latte acre succhiato alle mammelle d'una capra e d'una femmina del monte Amiata, dai rigogli formidabili del terreno putrescente, dall'aria torpida e burrascosa che aveva riflettuto i medesimi lampi sulle corazze dei Lucumoni.

E poi, l'altro, doveva anche esser forte, e se uno l'aveva da incontrare dovea esser lui, proprio lui e nessun altri che lui, Stoppa, il bandito, ecco!

Del resto lo stato d'animo del brigante era, senza che lui lo sapesse, quello accennato sopra; che lo rendeva schiavo, eroico, del preconcetto atavico fino al punto di sacrificargli libertà e vita come altri le avrebbe sacrificate a una missione nobile e sacra; fino al punto da obbligarlo a farne sacramento per le stelle che tramontavano o per il sole che nasceva, fino al punto di chiedere a Dio e ai santi che l'aiutassero a rinnovare il voto con le promesse d'un'offerta magnifica per qualche solitaria "Maestà" ad un crocicchio pericoloso dove lo stesso fuoruscito vigilava che non mancasse l'olio nel lume della Vergine e le rinnovava i fiori davanti, dopo di aver consacrato lo stesso sangue, quasi classicamente agli Dei infernali, pensando il delitto e affrettandolo col desiderio, seduto sulle pietre d'un ipogèo etrusco mezzo nascosto tra 'l fango e l'edera, senza sapere nè ricordare se non questo: che anch'essi, gli antichi, si vendicavano dei loro nemici.

Invecchiando, l'idea ossessionante lo riafferrava con insolito vigore.

Ma quel giorno, dopo una mattinata faticosa attraverso la boscaglia, aveva sentito un malessere improvviso impadronirsi di tutta la sua persona.

L'uomo silvano, incapace d'andar più innanzi, s'appoggiò, come il cignale ferito, al tronco d'una rovere, interrogando sè stesso e il bosco circostante.

La foresta ardeva in ogni stoppia, i tronchi secchi e color ruggine parevano fiamme vive; dal ricamo delle ramaglie chicchi d'oro piovevano sull'erba di smeraldo illuminando innumerevoli occhi di fiori dalle tinte accese, gli uccelli cantavano, si chiamavano, spettegolavano di ramo in ramo, un ronzìo sonoro di insetti invisibili riempiva di vita i meandri più silenziosi e più oscuri.

Stoppa sorrise un poco pensando che qualche cosa potesse avergli fatto male nella boscaglia; il sole o il vento, per esempio! Poi, ripensando all'acqua bevuta di un borriciattolo dubitò d'essersi avvelenato e tracannò dalla fiasca qualche sorso di grappa, bianca come l'onda di sorgente; ma lo strano malessere non cessava; goccioline fredde imperlavano la fronte del vecchio, mentre il cuore gli batteva e sul viso s'alternavan fiammate di sangue che gli facevano girar la selva dinanzi agli occhi abbarbagliati.

– Sono avvelenato, – pensò Stoppa, – e ora me ne crepo, qui nella macchia, per via di quell'acqua che ho bevuta, solo come una bestia e invendicato!

Bastò questo pensiero a farlo raddrizzare di colpo, come si raddrizza un albero piegato con la violenza e poi lasciato libero a un tratto; si raddrizzò, cogli occhi fiammeggianti, colle vene del collo e della fronte turgide, colla gran barba arruffata che sventolava, impugnando il grande schioppo, fedele compagno e provato amico; così, attraverso la macchia, simile al cignale pazzo che stronca sul suo passaggio scope e ginepri e fora le siepi colla corazza irsuta finchè sbuchi all'aperto, passò colla velocità dell'uragano, come a' bei tempi quando fuggiva, balzando al pari d'un daino, sui garretti d'acciaio e improvvisamente, senza quasi avvedersene, si trovò in una radura dove era uno sconosciuto fermo nell'attitudine cauta di chi si guarda d'intorno o cerca d'orizzontarsi, tutto vestito da caccia e armato di fucile.

Stoppa s'immobilizzò colla rapidità fulminea del cane che punta; girò intorno gli occhi che parvero illuminare la macchia circostante come due baleni, portò l'arme alla spalla e chiese con voce terribile: "Alto! Chi siete?".

Lo sconosciuto lo guardò; era un bel giovine poco più che ventenne, snello, ben proporzionato, con capelli e barba rossicci, con due grandi occhi chiari, da' riflessi d'acciaio.... gli occhi "di lei!".

Il sangue del bandito rifluì al cuore con tale impeto ch'egli si sentì vacillare e lo schioppo gli tremò nel pugno solido; ma subito la vampata calda fu respinta dal cuore al cervello, dètte a Stoppa una visione rapida e un pensiero deciso, abbruciandogli le carni con tutte le mille e mille fiaccole dei più dolorosi ricordi.

Dio gli aveva fatto la grazia! Era giunta quell'ora in cui si compisse il solenne destino; era scritto, dunque, che la schiatta infame andasse dispersa, per sempre, prima che vecchiezza o morte sopravvenissero ad impedirlo.

Ed ecco che l'ultimo di quei maledetti gli era davanti! a tiro di fucile!

Trattenne, con un conato estremo del cervello che già più non ragionava, irrigidendosi in una corazza di volontà suprema, il dito che stava per stringere i grilletti e domandò con voce sorda: "Lo sapete chi son io?".

– Cercavo di voi....

– Di me?!...

– Non siete Stoppa, il.... fuoruscito?

– Sì.... ebbene?

– Guardatemi fisso.... cercate di ricordare.... non vi dice nulla questa fisonomia?

– Sì.... sì.... sì! Mi dice tutto, mi dice troppo.... cotesti occhi sono i suoi.... coteste mani bianche sono le sue, cotesti capelli biondi li rammento.... Ma il sangue che vi corre nelle vene, che vi fa discorrere, che vi fa campare....

– Ebbene! questo sangue....

– È quello della razza maledetta che m'ha distrutto, che m'ha sbandito, che mi ha ridotto così, e finchè ve ne sarà una stilla.... ma io discorro troppo perdio! pensate all'anima vostra, se l'avete!

E puntò l'arme di nuovo.

Come fu che Stoppa, il bandito al quale venti anni di macchia avevano dato occhio di falco e muscoli di bronzo, che aveva visto inginocchiarsi, disfatte, ventine di persone dinanzi alla bocca del suo fucile, si trovò rovesciato, di schianto, sull'erba, con un ginocchio marmoreo sul petto e una mano di ferro alla gola?

Rantolava, ora, furibondo, sputando bava, divincolandosi come un lupo preso al laccio, finchè gli mancarono le forze, sentì intorpidirsi la vista e ruggì più che implorasse: "sono.... disonorato.... ammazzatemi!".

E chiuse gli occhi aspettando la morte.

Invece sentì allentar la stretta e la voce calma del giovinotto che diceva: "Mi volevi ammazzare? e dopo?".

Stoppa alzò gli occhi, ferocemente, e rispose:

– Ero contento! ed era finita.... anche per me. Mi bastava d'avervi spersi.... tutti! fino all'ultimo; voi!

– Io? ecco a che cosa vi conduceva la vostra furia pazza e il vostro pregiudizio insensato.... Alzatevi.... non sono quello che cercate.... Ma non avete ancora capito, chi sono io?

Il brigante si alzò a stento, barcollando come un ubriaco, fregandosi gli occhi, protendendosi tutto colla persona cadente, in un'ansia improvvisa.

– Come avete detto? come avete detto?...

– Voi.... tu....

– Son vostro figlio.

Quando Stoppa ritornò in sè il sole declinava dietro l'immensa distesa della macchia, tuffandosi pian piano in quel mare di foglie oscure e tremolanti alla brezza della sera, sotto il cielo rigato da svoli folli di rondini, e il figlio era lì, accanto al letto, in quella stanza grande, col soffitto a cavalletti, dell'antica fattoria, e stringeva forte nelle sue la mano scarna e nodosa del vecchio fuoruscito.

Cosa si dissero?

Si potrebbe più facilmente tradurre il colloquio del torrente colla nuvola che riferire il dialogo di quei due esseri così vicini e pur tanto distanti!

Fra voci rotte e singhiozzi, fra parole smozzicate e bestemmie (anche bestemmie), si sentì un solo monosillabo pronunciato chiaramente, ma a voce fioca: "Sì...".

In quella semioscurità, di faccia al cielo che imbruniva, la vecchiezza e la gioventù, il pregiudizio e la ragione, il delitto e il cuore, combatterono anche una volta di quelle spaventevoli e sommesse battaglie a cui non è possibile d'assistere se non cogli occhi della fantasia, che non è possibile intendere altro che con le facoltà misteriose e divinatrici dell'anima.

Certo insieme colle valanghe d'oro che silenziose s'inabissavano dai cieli nel cuore della macchia cupa e del mare sonante, molti secoli di sogni, d'eroismi, di tradizioni e di leggi barbariche crollarono davanti agli sguardi del selvaggio morituro; e quando il sole fu spento e sbocciaron le prime stelle e, finalmente, la luna tonda allungò, sulla terra da cui s'alzavano quelle armonie notturne lunghe e chiare che clamano così disperatamente verso l'infinito, le prime ombre, allora tutto davvero parve scomparso, inghiottito dalla notte fonda nella quale si preparava in mezzo a così meravigliosi concenti l'aurora futura.

In quegl'istanti il vecchio esalò un sospiro che parve il rimpianto supremo di tutta la sua vita fosca e avventurosa.

Allora il figlio condusse al tetro capezzale, piano, dal buio verso il baglior della luna, un'altra figura di adolescente che curvò un volto roseo e un capo biondo sulla faccia immobile del masnadiero; ma questi, socchiusi gli occhi un istante, con uno sforzo violento, di sulla soglia del di là, guardò ancora verso la vita e vide e riconobbe e, con un moto invincibile di ribrezzo e di furore, voltò la testa canuta e rimase irrigidito, così, in quell'ultimo atteggiamento di negazione e di sfida.

La luna, ormai alta sull'arco lattiginoso del cielo, filtrava nella camera creando fantastiche ombre negli angoli e sulle muraglie, sfiorando la gran figura diritta dell'ultimo fuoruscito, immobile, affondato nel letto, vicino al quale due slanciate figure d'uomini mormoravano parlando così basso fra loro che l'inno, ormai pieno, dei grilli vicini e lontani, entrava dall'aperta finestra empiendo tutta la stanza....

In seguito, conobbi, uomo fatto e professionista stimato, il figliuolo del brigante; ma egli non rideva mai; non aveva più sorriso da quando gli era successo di uccidere, in leale duello, un uomo che lo aveva chiamato col soprannome del padre.

LO SPOSALIZIO DI FIAMMA.

A Ugo Oietti.

La volta che fui invitato, in Maremma, allo sposalizio del Moro e della Fiamma, mi parve davvero di rivivere in piena leggenda.

Quegli uomini irsuti e feroci vestiti di casacche di bufalo e coperti di pelli d'armento, quelle donne olivastre dagli occhi smisuratamente dilatati dalla febbre, e, sopra tutto, lui e lei, gli sposi, due avanzi superbi e feroci di razze che scompaiono, mi fecero un effetto indimenticabile.

Lo straordinario banchetto omerico fu divorato nel folto d'un bosco, in riva a una tetra palude che rifletteva gli sprazzi sanguigni del fuoco su cui arrostiva lentamente un quarto di cignale; il vino aspro si bevve nei boccali col manico alla guisa etrusca; torno torno, alle querci, pendevano appesi fucili, spingarde, schidioni; e ognuno di noi tagliava il pane tosto e scuro col coltello enorme dal manico di corno; una strana orchestra di pifferi stuonava sulla soglia dell'abituro incendiato dagli ultimi raggi del sole e lontano lontano, a lunghe pause uguali, il mare sciacquava invisibile al di là della foresta, sopra la quale parevano gonfiarsi a quei giganteschi respiri gli enormi pendoni delle nuvole grigie.

Ma è necessario ch'io dica perchè fui invitato ai selvaggi sponsali del Moro.

Non lo conobbi proprio in Maremma, ma in una campagna posta sul confine; faceva, allora, il merlaio; un mestiere da cani. Sempre coperto di pelli di capra, da' piedi al collo, era capace di passare tre o quattro mesi dell'anno, munito di vischio e di crino col quale intesseva i lacci e di un zufolo con cui imitava alla perfezione il chioccolìo dei merli, nel più fitto della selva che ormai conosceva foglia per foglia, sasso per sasso, filo d'erba per filo d'erba.

Asciutto, segaligno, nodoso, incurante di caldo, di freddo, d'acqua o di geli, aveva il corpo indurito a camminare scalzo sulla brina o sulla neve, e se il vento lo coglieva sudato in cima a un poggetto, si rasciugava esponendo il petto nudo e velloso alla brezza, come una bestia feroce.

Non ho più visto mai un simile esemplare d'uomo preistorico!

Tirava di balestra come un antico, era mancino e si divertiva con un sasso lanciato sottomano a far suonare la campana più alta alla torre della pieve; mangiava qualunque cosa e si dissetava all'acque torbe dei fossi.

Quest'essere primitivo s'era preso perdutamente della più bella giovine del paese, Fiamma di nome e di fatto, meravigliosa creatura di razze non ancora contaminate, impastata di latte e sangue, col passo di regina, le labbra uguali alle ciliege e le risate squillanti come campanelli; ma figliola, per disgrazia del Moro, di un uomo che possedeva due campi e un gran pezzo di boscaglia, benchè facesse da sè, aiutato dalla ragazza e da altri parenti, e il contadino e il boscaiolo.

Era Fiamma rimasta insensibile agli sguardi fulminei del Moro, alla sua assidua paziente devota costanza nel seguirla per tutto, nell'aspettarla in paese, all'uscita dalla chiesa, dopo il lavoro, al ritorno dai campi, dai boschi? Chi sa.... forse ella aveva incoraggiato, per istinto, quel giovine snello che di lontano le appariva a un tratto in cima a una balza colla rapidità del capriolo e si profilava in qualche sua inconscia posa scultoria contro il cielo azzurro col grande elmo dei capelli corvini e cresputi: forse egli le aveva spiegato con rozza poesia il tormento del suo cuore, aiutandola a caricarsi sopra le spalle quadrate un pesante fascio di ramaglia, seguendola poi per l'erta faticosa con quell'occhio disperato dall'amatore che raggiunge ed abbrucia ed obbliga chi n'è seguìto a voltarsi.

Sta di fatto che Fiamma era l'ultima espressione della famiglia patriarcale nostra dove il padre comanda e tutti ubbidiscono, come il Moro era l'esempio dell'uomo libero che ignora leggi e doni i quali non siano dirette emanazioni della terra e dell'universo. E Fiamma era docile, e il Moro non possedeva nulla.

Così il Moro perdette Fiamma e tornò a rintanarsi simile a uno di quei mezzi lupi che ricercano il branco e il covile dopo aver provato i morsi e il disprezzo dei cani di razza educati fra gli uomini, mentre la giovine parve piegare la testa selvatica alla volontà del padre, come la curvava quando le altre boscaiole imponevano a lei, giovine e forte, la fascina più grande.

Un bel giorno il Moro, che avevo potuto stanare da una macchia cieca dove s'era accomodato il suo capannuccio di tela incerata per aspettarci la stagione delle piogge facendo strage di merli eleganti dal becco d'oro, mi consigliava ad affrettarmi per balzellare il tasso-porco di cui mi premeva, più che la carne dolciastra, la folta pelle dalla striscia di latte che riga il muso arcigno e la fronte accipigliata.

– Vede, – mi diceva il Moro, mettendosi, a sedere sui calcagni con la sua flemma abituale (i veri uomini del bosco, sempre pronti a correre, non hanno mai fretta) – vede, il tasso ha delle abitudini che ora cercherò di spiegarle....

Certa gente nel descrivere gli usi e i costumi delle bestie selvatiche pone tale una cura che a noi pare davvero intuisca tutta l'intima bellezza della vita primordiale.

– Vede, il tasso abita, per il solito, nel fitto del bosco, in certe buche difficilissime a trovarsi e non ne esce che a notte alta. Allora, con grande circospezione, s'avvicina ai coltivati, fruga col muso sotto gli alberi, perchè è ghiottissimo delle frutte; ma la sua casa è il bosco, di lì non si muove, e lì, signorino, è impossibile scovarlo, a meno di avere i cani apposta.... insomma se lei vuol balzellare il tasso, o stanotte o nulla.

– Per l'appunto stanotte?

Il Moro mi dette una delle sue occhiate solite, poi mi rispose, abbassando la voce:

– Vede, domani l'altro tutto questo bosco che è il pezzo più bramato dai tassi sarà tagliato, capisce? raso a terra....

La voce del merlaio pareva tremasse, sordamente velata, non capivo bene se di rimpianto o di minaccia.

– Raso a terra? tutto?

– Tutto.

– Ma è un'infamia! o perchè?

– Ecco, siccome dev'essere sposa la Fiamma....

– Cosa c'entra la Fiamma?

– Eh! già. Siccome sposa uno che ha del suo, capisce? Lui vuole essere trattato da pari a pari.... insomma vuol subito la dote e la dote.... eccola lì.

Come potrei descrivere l'accento ineffabile, il gesto.... oh! il gesto, il tono della voce a cui si mescolavano la rabbia, il desiderio, il disprezzo, con cui il Moro pronunziò quelle parole: "E la dote.... eccola lì!".

– Settemila lire di carbone e di legname, – aggiunse, – piuttosto più che meno, carbone magnifico, legname di tronchi grossi, un tesoro insomma.... e domani l'altro: Pan!

– Anche tu?

– Io?! – e si alzò colle pupille che sfavillavano come due carbonchi; – io mettere una mano addosso a quelle piante là? – Poi si calmò; abbassò la testa sul petto e mormorò a fior di labbra: – Io cambio paese....

– Capisco....

– No, non è per quello che crede lei.... D'altronde, io ebbi torto anche a provarmi.... egli è per via che dopo non saprei come campare. Era in queste ragnaie dove trovavo ogni cosa.... Ma ora.... anderò in Maremma.... Ci sono avvezzo, sa? eh! signorino! gli uomini vengono avanti e i boschi son ricacciati indietro! Prima tutto questo paese era una landa seminata di lentischi, di ginepri, di corbezzoli.... più là trovarono una cava, qua aprirono una strada, lì costruirono una fabbrica.... e le lepri scomparvero; dei gatti selvatici, degli scoiattoli, dei ghiri, delle faine, non c'è più nemmeno il seme. E dire che io, in questi posti, ci ho chiappato gl'istrici! Passo, passo, ho seguitato il bosco che rimpiccoliva sempre più, finchè ora mi scacciano anche di qui e io me ne vado in cerca della macchia....

– Ma di lavorare te ne sei mai curato?

– Lavorare? E le sembra poca la fatica che duro? Ma non c'è nessuno, vede, nessuno – (e gli occhi del Moro lampeggiarono d'orgoglio) – capace di resistere a quel che resisto io! E poi.... son solo!

E strappata macchinalmente una foglia se la mise in bocca imitando alla perfezione il grido della civetta che subito rispose da un fitto d'olivi.

Gli olivi rosseggiavano perchè il sole precipitava al tramonto e io dissi al Moro:

– Sono stanco; se facessi la pòsta domani notte? la luna sarà in piena e fino all'alba non cominceranno a tagliare.... sarà l'ultimo balzello....

Il Moro pensò un momento, poi mi rispose tranquillamente:

– Sì! faccia in questa maniera. Domani notte. Il tasso verrà di certo; chi sa che non venga anche qualche cos'altro... – Poi aggiunse con precipitazione: – Quando la luna è piena, capirà.... Guardi, vo a tracciar l'animale.

E scomparve, si tuffò nell'ombra morbida della ragnaia, come inghiottito dalla notte che spegneva i fuochi del sole, accendendo invece finestre vicine e lontanissime stelle.

Alle undici precise il Moro ed io mettevamo piede nella viottola tortuosa conducente al bosco.

– Si fermi qui, – mi disse la mia guida; – ho seminato la strada del tasso di torsoli di pera, di bucce di fico, di pezzetti di pane.... quindi, le ho accomodato questo sasso... ci sta comodo? Bene. Spenga il sigaro, lo dia a me che sto qua dietro a lei nascosto – (e mi levò di bocca il toscano intero) – e posso continuare a fumarlo.... e ora abbia pazienza un'oretta.... ma per carità non si muova, non si volti, faccia conto d'esser diventato di pietra.

Era buio pesto, la luna si sarebbe levata poco prima della mezzanotte (l'ora giusta in cui il tasso avrebbe fatto la sua comparsa); il vento soffiava verso di me, tutto andava benone; e aspettai.

Però, dopo un tempo che non saprei valutare, provai la strana sensazione d'esser rimasto solo. Mi pareva che il Moro mi avesse lasciato e sentivo, prepotenti, il bisogno, la curiosità di voltarmi a guardare. Resistei per un pezzo, ma come posso spiegare l'eccezionale psicologia di quei momenti? Il Moro non c'era, non ci poteva essere, sentivo che alle spalle non avevo più che la campagna sconfinata e deserta e bisognava che me ne sincerassi; altrimenti, mi rendevo conto di non poter più lottare contro la preoccupazione, ingiustificatissima del resto, dell'assenza del mio compagno.

Credo di aver combattuto per più di mezz'ora; ma finalmente con un movimento lentissimo del collo e della vita, mi girai un poco senza far rumore e guardai dietro di me.

E in fondo al cocuzzolo erboso sul quale sedevo a cavalcioni del mio sedile di pietra, vidi benissimo la luce rossa di un sigaro muoversi dall'alto in basso, come se il Moro fosse restato in piedi e si buttasse giù allora.

Ne rimasi stupito, tanto più che il merlaio, contrariamente a tutte le sue abitudini, per quanto a bassa voce, esclamò, a rischio di sciupare il balzello:

– Stia fermo! è l'ora....

Ubbidii, rivoltandomi verso il bosco; ed ecco una gran luce gialla apparire dietro il frascame, una gran luce contro la quale si disegnarono i tronchi degli alberi contorti e bizzarri.

Era, certo, la luna.

Quasi subito la radura s'illuminò; distinsi i fili d'erbe, le stoppie, i sassi, tutti lucenti d'un bagliore che non mi pareva il bagliore lunare perchè troppo caldo e troppo vivo e sulla brughiera fuori del bosco, una forma oscura sgusciò rapida e quatta....

Il tasso?

M'imbracciai ed ecco un batuffolo nero ruzzolare veloce tra lo screzio dell'ombre e fermarsi di schianto; una lepre? E poi tante piccole cose nerastre serpeggiare, formicolare, apparire, sparire tra l'erbe, poi un fruscìo di fogliami e una folata d'uccelli che mi sbatterono quasi sul viso dandomi una sensazione di ribrezzo e infine uno scoppiettare, un crepitare secco e fitto, una specie di rumore (se così posso esprimermi) di tante macchine da cucire, e un lampo di luce tepida, che mi abbacinò.

– Signorino! Brucia la selva, perdio!

Il Moro mi stava accanto, impassibile, la cicca tra i denti, le braccia incrociate, accennandomi gli animali impazziti che ogni tanto veloci, senza rumore, traversavano la radura, simili a ombre d'ali che errassero per l'aria tenebrosa; poi un fumo denso, acre, odorante d'incenso e di resina, ci investì, ci avviluppò; indietreggiando, scorsi (lo ricordo bene) due pini enormi contorcere come persone vive in quel braciere fiammeggiante i loro grandi corpi neri ed irsuti lungo i quali colavano ruscelli ardenti di ragia. Infine si udì uno schianto e li vidi abbattersi e crollare colle chiome innanzi a guisa di giganti fulminati, tra il fumo e le faville.

Tutta la campagna accidentata e gibbosa, punteggiata di cespugli e di ciuffi che s'agitavano stranamente al respiro del fuoco, lampeggiava in modo sinistro, poi s'udirono delle voci, dei passi affrettati: finalmente su quei rumori sordi, indistinti, si levarono lugubri i colpi lenti delle campane che rintoccavano a martello.

L'incendio alimentato dal vento distruggeva rapido con le sue mille bocche voraci la foresta che fremeva tutta come presa da un brivido di spasimo atroce e mandava ogni tanto dei sibili lunghi e dolenti, non saprei se di serpi disperate o di rame cigolanti. Intorno a noi cominciava a radunarsi la folla.

A un tratto si vide un vecchio sparuto, curvo, precipitarsi innanzi a tutti; dietro di lui, col corpetto e la pezzòla rossa accesi dall'immane riverbero, apparve Fiamma e si fermò, immobile, a guardare la sua dote che si disperdeva in faville.

Il vecchio trattenendo un uomo che voleva dir qualcosa, che voleva farsi avanti, si slanciò verso il Moro, gli cacciò i pugni noderosi sulla faccia, urlando:

– Vigliacco! sei stato tu!

L'altro, il damo di Fiamma senza dubbio, smaniava sempre, trattenuto dai presenti; ma il Moro non si scompose; abbozzò un gesto di compassione, scrollò la testa, poi accennando me:

– Io? – disse; – o come volete che abbia fatto, se non mi sono mai mosso d'accanto a questo signore? Domandatene a lui.... mi sono mosso, lo dica lei, mi sono mai mosso?

Il silenzio era altissimo; non si udiva che l'ansare furibondo del fuoco e il picchiar disperato delle accette vicine e lontane che tentavano di circoscrivere l'incendio; il damo di Fiamma s'era fermato, raccolto in sè stesso, non aspettando che la mia risposta per iscagliarsi sull'avversario.

Io ebbi un attimo d'incertezza; ma alzando gli occhi incontrai quelli di Fiamma che s'era avvicinata e mi parvero stranamente supplichevoli; allora, senza esitare, solennemente risposi:

– No! il Moro non s'è mai mosso d'accanto a me. Tutta la sera, fino a questo momento, non m'ha lasciato un minuto. Ve lo giuro su quel che ho di più sacro!

Le vampe, ormai, non avevano più nulla da distruggere e, nell'oscurità, la zona incendiata si disegnava netta sul pendio scosceso del colle come un vasto braciere che aveva la forma curiosa d'un cuore ardente.

LEONE.

A Caramba.

– Ma questo è Leone!

– Leone? Si chiama Leone?

– Come? o non lo sapeva?

– Io? no.

E il dottore balzò dal calesse, mentre io scendeva dall'altra parte ancora indolenzito da trenta miglia di barroccino e cominciavo a tirar giù i cani e i fucili; intanto lo stalliere, un uomo adusto, e sbarbato, spogliava il cavallo continuando a discorrere.

– Questo è proprio Leone, un cavallo famoso. È vecchio, sa?

– Si vede; ma trotta ancora a meraviglia....

– Razza maremmana, signori miei, buono da bosco e da riviera! Lo vedono? è peloso come una lepre, è nato alla macchia, non conosce strapazzi nè riguardi.... gli si può dar da bere anche subito; per lui piana, erta e china son la medesima cosa.... sconta dei nostri poledri sauri! tutti delicatezze, facili a imbolsire.... ha voglia di governarli a biada e a pastoni di sémola! gli è come dare il concio alle colonne! se non hanno il canchero, hanno il fistolo.... ma questo, questo è un eroe, un liofante, una cosa straordinaria.... se lo tengan caro; ne ha ammazzati tre, sanno lor signori?

– Bell'augurio per il ritorno! – urlai; – ma alla calata di Pietrafitta la martinicca la giro da me!

– Non v'è pericoli; quando ammazzò quei tre non ci ebbe colpa; ma quella è una storia lunga.... invece, se sapessero!... Celeste! Ohe! Celesteeee!.... portami il bigonciolo della sémola.... brava! Vedano, questa sarebbe la mia donna e questo è il mio figliolo maggiore.... e se l'ho sposata, eccolo qua, lo devo a lui!

E con una manata sul collo accompagnò Leone alla mangiatoia e lo legò alla campanella.

Poi seguitava: perchè quest'animale bisogna vederlo a sella!

– Porta anche a sella?

– Se porta a sella? O di chi venivano a cercare quando c'era un bufalo difficile a ripigliarsi in Maremma? di Leone....

– Siete Maremmano?

– Signor no; di Siena.

– Bene! stasera cenerete con noi....

– Oh! signorino, troppo garbato, grazie....

– Non ammettiamo scuse.

E s'andò a tavola e, per quella sera la stanzetta della trattoria della Castellina non risuonò di sparate venatorie, di progetti fantastici e di racconti di cacce impossibili; ci si scordò dei cani, dei fucili, delle beccacce perchè, esortato da noi, "Bufera" tra un bicchiere di Chianti e l'altro ci raccontò la sua storia.

"Bufera" mi chiamano! si figurino che genere sarò stato a vent'anni! L'hanno visto lo scoiattolo? tal quale ero io! Dicevano che stavo bene a cavallo, ma da che principiai a montar Leone ci stetti meglio! Si son mai ritrovati, loro, quando un bufalo fa per davvero? se lo figurano, su quelle prata interminabili, colle corna torte, la coda ritta, la bava alla bocca? Nemmeno il vento ce la può! Ma io mi arrotolavo la fune al braccio, inforcavo Leone e via, di carriera. Fossi, staccionate, siepi.... io volavo agitando la corda e mi pareva d'essere un Dio! Leone, colle quattro zampe distese, la criniera arruffata, gli occhi fuor di testa, non piegava l'erbe, non piegava!

"Il bufalo avanti e io dietro, guadagnavo sempre terreno, m'avvicinavo, m'avvicinavo.... il cavallo? non ci pensava nemmeno.... via, a scavezzacollo, addosso al toro come se avesse dinanzi una pecora.... E appena era il momento, buttavo il laccio e tiravo.... quel che pigliavo, pigliavo! un corno, una zampa, e giù, tutt'un rivoltolone! Leone si fermava su quattro zoccoli, di schianto, come se fosse doventato di sasso e io, di sotto, da cavallo, e mi scagliavo addosso al toro impastoiato! in un secondo tutti i butteri m'avevan raggiunto, si buttavano di sella anche loro e lì una battaglia, una lotta, un arruffìo sull'erba con quel colosso in mezzo che mugliava e stronfiava e ci copriva di stummia e tutti quei cavalli pelosi che ansavano e fumavano, fermi in giro a guardare.... una bellezza! Ma il bufalo, riffe, non ne faceva più.

"Adagio! con questo vino non si scherza.... par leggero, ma è traditore.... un altro dito, così, fino alle scannellature.... ora basta!

"A Siena, loro lo sanno, van pazzi per il Palio. Nascono i partiti, si fanno scommesse, corrono pugni, legnate, l'ira di Dio.... è una gran bella festa!... Basta!... io son nato nella contrada della "Torre" in Salicotto. La Celeste s'innamorò di me; avessero visto che bellezza era da ragazza!

– È una bella sposa ancora....

"Non c'è più mezza.... quando glielo dico io! Dunque, la Celeste s'era innamorata di me per via del gran discorrere che si faceva della mia bravura a ripigliare i bufali; ma i miei, di casa, non eran contenti.... Codest'affare, mi dicevano, ci costerà dei dispiaceri....

– O perchè?

– Perchè, intendano bene, la Celeste era della contrada dell'"Oca" e fra la "Torre" e l'"Oca" non c'è mai stato buon sangue.... Salicotto e Fontebranda hanno sempre avuto ruggine fra loro.... Non ci fu che nel '59 che l'altre contrade, fuor che la "Tartuca", quella dei preti, lasciavan vincere Fontebranda perchè ha lo stemma tricolore.... Ma poi ogni cosa ritornò come prima.

"Ora i miei di casa tutti i torti non li avevano, ed ecco perchè: data la mia bravura a stare a cavallo e dato l'animale che possedevo, la contrada intera aspettava il palio sperando di veder la "Torre" vincitrice....

– Volevano che correste voi!

– Loro hanno bell'e capito. Per lo più quelli che corrono son cavalli buoni, ma un po' carogne, sangui viziati, bestiacce da battaglia; ma la corsa la fanno i fantini.... è questione che si risolve a suon di nerbo....

– Già, ma se un cavallo resta indietro....

– Ecco, veramente, non si tira a chi resta indietro, si tira a chi si spinge avanti.... non so se mi spiego, le nerbate non le piglia la bestia.... le piglia il fantino....

"Dunque, io avevo tutti gli occhi addosso; dicevano: se corre Leone, il palio alla "Torre" chi glielo leva? E non avevano torto, ma io non avrei mai corso....

– O non eri sicuro della vittoria?

– Già, appunto per questo; perchè una sera la Celeste, era lume di luna e si stava in terrazza a fare all'amore, mi buttò le braccia al collo e cominciò a dirmi: senti, ho da chiederti un favore, ma prima tu m'hai a promettere di non dirmi di no!

"È presto detto, rispondevo io, ma se tu mi chiedessi una cosa impossibile? Bada, per te, mi butterei dalla torre, sforzerei il monte de' Paschi, manderei al creatore un mio simile senza pensarci neppure....

"E quella, di rimando: Se non sapessi che lo puoi fare, quel che ti chiedo, non mi proverei.... dunque, sii bòno e dimmi di sì....

"Io, voglio raccontarla come sta, mi sentivo un non so che, qui dentro, avevo un batticore, un presentimento.... e nicchiavo; ma lei mi fece tante carezze, tante moine, tanti gestri.... insomma, fra il lume di luna e quella bella ragazza che mi teneva il capo sulla spalla, persi il cervello e giurai tutto quello che volle....

– Perdio! o cosa diavolo voleva?

– L'impossibile! Voleva, nientedimeno, che io corressi con Leone per la sua contrada, per l'"Oca"!

"Questo è un tradimento, cominciai a urlare appena m'ebbe detto di quel che si trattava, questa è un'infamia e non acconsentirò mai.... e quella a piangere, a raccomandarsi, e poi a minacciare e rimproverarmi, finchè vennero quelli di casa e successe un putiferio del diavolo, chè tutta la strada era piena di gente; ma io quando vidi che c'erano i fratelli di lei e tutte quelle persone a sentire, presi il cappello, resi alla Celeste la parola che m'aveva dato e venni via di carriera.

"Con che core lo lascio imaginare a loro, tanto più che da un pezzetto m'eran giunte all'orecchio certe voci, d'un altro, un tal "Brighe", fantino e proprio della contrada dell'"Oca", il quale faceva il cascamorto alla Celeste. E le voci eran vere, perchè poco tempo dopo quella scenata, la Celeste, per farmi dispetto, si mise davvero a fare all'amore con lui. Allora non ebbi più ritegno; una bella sera presi un coltello a serramanico, uscii quatto quatto di Salicotto e scesi in Fontebranda. Ma non ci lasciarono attaccare, e fu un bene, perchè quella notte, lo credano, un morto ci rimaneva di certo; non ci lasciarono attaccare, ma noi, fra mezzo a quelli che ci reggevano, ci si buttò la sfida.... e la mattina dopo mi decisi: annunziai a tutta la contrada della "Torre" che avrei corso il palio montando Leone.

"Non mi riuscì di sapere che cavallo avrebbe montato "Brighe" altro che il giorno della corsa, ma appena l'ebbi visto capii subito che la lotta era tra noi due soli e a morte.... Basta! loro non si fanno un'idea di quel che fosse Siena in cotesto giorno!

"L'altre contrade non contavano più niente; la città era divisa soltanto in due fazioni L'"Oca" e la "Torre"!

"Piazza del Campo pareva il mare, c'eran le genti fin sui merli di Palagio, c'erano fino in cima alla torre del Mangia!... le guardie, i carabinieri a nuvoli! pareva d'essere in istato d'assedio.... capiranno, fra i due partiti, c'era da veder succedere, a corsa finita, qualcosa di grosso davvero.

"Nel mentre i bandierai volteggiavano e noi si sfilava davanti al palco, detti un'occhiata alla folla.... e la trovai subito, la Celeste! subito, come se si fosse fissato il posto! Era lì, tutta vestita di scarlatto, in un gruppo di Fontebrandine e pareva una rosa in mezzo ai gigli.... il sangue mi diede un tuffo, guardai il cavallo dell'"Oca" e "Brighe" in giubba di seta, come me.... e strinsi forte il frustino dalla parte sottile.... mi pareva mill'anni d'essere a' ferri!

"Al segno "Brighe" si buttò prima del tempo e bisognò rifarsi da capo; io, intanto, discorrevo con Leone, gli dicevo tante cose in un orecchio, che lui solo poteva capire.... poi mi scossi, sentii confusamente che si dava la partenza, spronai, curvandomi sull'incollatura, e mi parve che tutta la terra tremasse e la piazza girasse.... con un balzo Leone fu avanti, accanto al cavallo di "Brighe" che frustava disperatamente, rannicchiato sopra sè stesso; contemporaneamente uno strucinìo tremendo di ferri, un urlo che bucò il cielo, m'avvertirono che dietro a noi era sdrucciolato qualcuno dell'altre contrade, che era successo del male.... e via colle orecchie che ronzavano, il labbro tra' denti, il berretto calato, il nerbo per aria.... pa ta tà, pa ta tà, pa ta tà, pa ta tà.... l'urla m'assordavano, il sole m'abbagliava.

"Dai, "Oca"! Forza "Torre"! Avanti Fontebranda! coraggio Salicotto! Vergine, aiutalo! Sant'Antonio fagli rompere il collo!...

"A un tratto, sulla curva, mi trovai parallelo al cavallo dell'"Oca", l'avevo raggiunto, e subito un dolore acutissimo mi fece traballare e quasi cascare d'arcione.... "Brighe" m'aveva tirato una nerbata tremenda, proprio qui, nell'osso, dove è tanto doloroso....

"Mi riebbi e subito, senza rallentare il galoppo, menai di traverso, alla disperata.... ma ero da destra, capiranno, e mi toccava a tirar da mancina.... "Brighe" fece civetta, il nerbo colse nel vuoto e io mancò poco, da capo, non cascassi da sella.... gli è che ci stavo attaccato come le scimmie!

"Allora mi colpì il gran silenzio che s'era fatto d'intorno.... non sentivo altro che lo scalpitare arrabbiato degli otto zoccoli dei nostri cavalli che mi si ripercotevano nel cervello, e basta! In tutta Piazza del Campo gremita di migliaia e migliaia di persone si sarebbe sentita volare una mosca.... s'erano accorti che il duello, oramai cominciato, sarebbe stato mortale!

"Tutto questo, capiranno bene, succedeva in men ch'io non lo racconto; prova ne sia che fra il buttarci di sfascio a quel modo e consegnarci quelle due nerbate s'era bell'e tornati al punto di partenza e c'era sempre un cavallo a traverso lungo sdraiato.... e lì si vide chi era Leone, perchè nel saltar l'ostacolo si portò in testa di quasi tutto il collo. Piazza del Campo alzò un grido solo; ma allora "Brighe" si rizzò sulle staffe e giù nerbate, a me che gli rimanevo proprio a tiro, sul groppone, sulla testa, sulle braccia.

"Mi ronzavan le orecchie, il sangue mi colava dal naso, dalla bocca, le grida della folla mi facevan l'effetto come se avessi avuto il capo dentro un vespaio.... capii che "Brighe" riguadagnava terreno, che avrei perduta la corsa.... allora, con un ultimo sforzo di volontà detti del nèrbo a traverso il muso di Leone, poi lo volai per aria e traboccai in avanti; feci appena in tempo a reggermi a quella bella criniera lunga.... non mi ricordo più di nulla, altro che d'un applauso, d'un urlo del popolo, tale che loro non se lo possono neanche imaginare....

"Hanno capito? si son figurati cosa fece Leone quando si sentì vergare quella nerbata traverso il muso?

"Avevo vinto la corsa.

"Mi riebbi a letto. Non mi poterono far girare la contrada col palio vinto, secondo la costumanza, da come ero infranto; mi riebbi a letto, tutto fasciato, mentre di fuori sentivo il rumor della folla che s'accalcava davanti all'uscio, e sulla porta di strada, mi dissero, c'erano i carabinieri a tenere indietro la gente che m'avrebbe voluto vedere, toccare, abbracciare.... Poi ci fu un gran brusìo, un gran litigio, voci, strepiti, una corsa pazza su per le scale, l'uscio di camera si spalancò e una donna scarmigliata, piangente si precipitò nella stanza cascò a traverso al mio letto, restò lì, singhiozzando, chiedendo perdono.

– Era la Celeste?

– Era lei.

– E voi, a quanto pare, le perdonaste....

– Cosa vogliono! in fin de' conti s'aveva ragione tutti e due. Ci s'era guastati per amore della nostra contrada.

– E l'amore reciproco vi riunì! Ma.... una volta sposata, la Celeste non vi ha più chiesto di correre il palio per l'"Oca"?

"Bufera" si versò un gran bicchiere di Chianti, lo tracannò d'un fiato, poi rispose filosoficamente:

"Egli è che il cavallo.... lo vendetti nove mesi dopo.... capiranno.... mutar aria non era male, a scanso di cattivi incontri! Avevo messo giudizio, avevo trovato da sistemarmi come vetturale quassù, alla Castellina, un posto buono davvero, e dovevo metter su casa.... lo vendetti bene.... a uno che l'avrebbe tenuto anche meglio di me.... peró non me ne sono scordato mai.... glielo raccomando anche a lei, signor dottore, e a lei, signorino.... io ho fatto quel che ho potuto e non ho rimorsi; per riconoscenza, appena mi nacque il figliolo, gli misi nome Leone....

LA CAMERA ROSSA.

Agli idealisti e agli innamorati.

I cani dormivano come ciocchi intorno al fuoco, di fuori infuriava lugubre il vento della montagna e noi si continuava a ciarlare, col fiasco davanti e le pipe in bocca, intorno alla rozza tavola di quercia tagliata coll'ascia.

Era una scena pittoresca.

Noi due cacciatori, in maniche di camicia (le giubbe fumavano dinanzi alla fiamma insieme coi gambali intinti); il guardacaccia adusto, segaligno, tutto rughe e tutto colore, e quel bel giovine pallido, dalle spalle quadre, ma dallo sguardo spento e le gote emaciate come un *viveur* di città e che non aveva pronunciato mai una parola; su e giù per la stanza andava e veniva l'Adelaide, rintronandoci colle sue risate grasse e lunghe che ci costringevano a buttarci via anche noialtri per un nulla, fosse pur detto senza malizia.

– Adelaide, ci fai un pònce!

– Sì, signorino! – e giù una risata pazza.

– Toh! o che c'è da ridere?

– La mi fa rider lei!

– Io? o che son buffo?

– Ma che le pare?

E giù un'altra risata lunga, convulsa, alla quale si faceva eco tutti, meno il giovine pallido.

A furia di risate, quando il pònce fu mesciuto nei bicchieri, dalla facezia salace, si era entrati a piene vele nel "mare magnum" dei discorsi allegri e dei doppi sensi.... Si parlava di donne!

Allora il giovine pallido si alzò, con una strana fiamma negli occhi, bevve il pònce che bolliva, bruciandogli la gola, come se avesse paura di far tardi ad andar via e con una "buona notte" smozzicata fra i denti che parve una maledizione, s'alzò di scatto, infilò l'uscio e fuggì.

– O cosa gli piglia a quello, – feci io, – che è impazzato?

– Mi pare anche a me, – disse il mio compagno.

– Eh! – sclamò l'Adelaide dall'acquaio, – a pena lo toccano su certi tasti lui se la dà a gambe....

E si torceva dal gran ridere, colla bocca che le arrivava fino agli orecchi, col viso rosso congestionato sotto i capelli scompigliati come quelli d'una versiera, facendo sobbalzare informi ammassi carnosi che un tempo lontanissimo erano stati forse e seno e fianchi.

Il vecchio guardacaccia la sbirciò di traverso, tutto arrabbiato:

– Ti vuoi chetare, – la rimproverò, – metti-bocca?

– Io? – rispose la donna, soffocando sulle labbra col grembiale ruvido di canovaccio le risate che ora sibilavano e mugolavano facendo sforzi prodigiosi per uscirle dal naso, — io? se ne sono accorti tutti oramai, l'è storia vecchia.

– O vecchia o no, – ribattè il guardaboschi, – a te non ne dovrebbe importar nulla.

– Scusate, – azzardai io incuriosito, – il sor Alberto, forse, non è di qui?

– Ma nemmeno per idea! È di giù, della città, è una persona istruita e distinta.... e un signore davvero.

– E sta quassù tutto l'anno?

– Tutto l'anno. E ogni sera viene a cenar qui, baratta una parola a mala pena con me; poi va a letto.

– A letto.... dove?

– Toh! a casa sua.

– E dov'è la casa sua?

– Eh! signorino, lei mi vuol far discorrer troppo; maledetta quella pettegola (e si voltava, minacciando colla sua mano aperta verso l'Adelaide) – che non sta zitta un minuto.

– So di molto, – urlò la donna rigirandosi colle mani sui fianchi, – so di molto! credevo, anzi, che questi signori avessero sentito dir qualcosa!

– Ma noi non sappiamo proprio nulla, – esclamai più incuriosito di prima, – non sappiamo proprio nulla!

– Sicchè, lì sotto, – disse il mio amico Aristide ravviandosi colla mano nervosa i capelli precocemente bianchi, – lì sotto c'è un mistero

– E lo vogliamo conoscere! – concludemmo con energia, battendo sulla tavola i bicchieri del pònce che avevamo vuotati di colpo, come si fa abitualmente quando si vuol dar forza ad un discorso.

Il guardaboschi si schermì, con vivacità.

– Ma se non so nulla, – gridava, – glielo giuro, signorini, nulla di nulla....

– Ma sì!

– Ma no!

– O sentano, – interruppe l'Adelaide che moriva dalla voglia di udir raccontare; – lui – (e accennava il vecchio) – lui la sa lunga! Perchè qui sotto c'è un mistero, un mistero grosso da non averne un'idea! Si devono figurare che il sor Alberto quando venne quassù era grasso, fresco, roseo come una pèsca matura; era qui per andare a caccia e stava da me, a mangiare, a dormire, sempre allegro, sempre burlettone.... credano, un piacere!

"Un bel giorno non si vide più, scomparve; poi ritornò, e nientedimeno, andò a stare nel Palazzo, come si dice noi, un castello mezzo diroccato, ritto lassù sopra un pinnacolo fra due rupi in mezzo alle montagne, che pare un nido di falchi....

"E da quell'epoca tutte le volte che sente discorrer d'amore o che vede una donna, fugge come un dannato.

"Ecco la verità, e chi ci capisce qualcosa è bravo."

– O allora come mai, – fece Aristide, – viene a mangiar da te? o cosa sei te, per lui, un uomo?

– Io? – urlò l'Adelaide mostrando il viso color cinabro, bitorzoluto, tumefatto, devastato, – io? o se paio lo spauracchio! – E giù a ridere all'impazzata: poi, facendosi seria, a mo' di conclusione, aggiunse, accennando il guardacaccia: – L'unico che possa sapere come stanno le cose, eccolo lì; ma il difficile consiste nel cavargliele di bocca.

E ritornò a sciacquare i piatti con un impeto che pareva li volesse spezzare.

Il vecchio rimase un momento pensieroso, mentre noi lo esortavamo a discorrere, assicurandolo che dalle nostre bocche non sarebbe uscita una sillaba, poi guardandoci attentamente, con quei suoi occhi furbi, rispose adagio:

– Giacchè si tratta di loro, cioè di due persone serie e ammodino, discorrerò; ma ad un patto.

– Qualunque patto! – urlammo noi, oramai esasperati dalla voglia di sapere.

– A patto che l'Adelaide se ne vada; perchè, vedano, quella ha mangiato il fegato di capra e quante se ne racconta, tante subito ne svescia!

– Pover'uomo! – rispose la donna, scrollando la testa in atto canzonatorio; – del resto.... per me? credete che me n'importi qualche cosa? guardate come si fa.... – E rimesso l'ultimo vassoio nella piattaia, si rasciugò le mani e presa per l'uncino la lucernina di ferro; – signori, bonanotte! – ci disse, – e se ne andò, ridendo sempre.

– La vòl morire! – esclamava il guardacaccia caricando la pipa, mentre noi si faceva altrettanto; poi, dopo averla accesa, e dopo cacciate, giusta l'uso, le solite due o tre boccate di fumo, incominciò

– Certe cose, le racconto a loro, perchè son gente di città, pratici del mondo e abituati a non meravigliarsi di nulla, specialmente da parte delle donne! Le donne, io, le credo capaci di tutto.... fuorchè di far del bene.... basta! torniamo a noi. Dunque, stamattina, non siamo passati per andare a cercar di quella beccaccia nella palina di sopra, da una strada ripida, a picco, fra i castagni, sotto il castello di Mugnana?

– Ce ne ricordiamo benone.

– E poi s'è preso quell'erta, dove i sassi consumati dallo scolo dell'acque tagliano come rasoi e che porta a quell'altro castello, a Serzate....

– Già, già! quei due castelli neri appollaiati su due poggi aguzzi l'uno di faccia all'altro, che pare si guardino in cagnesco.

– Precisamente; perchè, dicono, costì, in antico, si combattevano i padroni d'un castello con quelli di fronte.... roba da tempi barbari....

– Tirate avanti!

– Dunque, dietro Serzate, non s'è trovato un viottolo il quale accompagna l'acqua di quel borro che fa un romore tra i massi come se ci fossero dieci mulini?

– Sì, e lì, a una svoltata, nella gola del monte, contro uno sfondo nero di boscaglia, in bilico sopra un macigno spettacoloso c'è apparso un terzo castello in rovina, tutto rilegato dall'edere, nero, gocciolante, fantastico!

– Bene; e loro si son messi a gridare che quella era una allucinazione, che quella era roba edificata la notte dagli spiriti, che non poteva essere opera d'uomini; bene! il sor Alberto da un pezzo in qua s'è stabilito di casa lì!

– Lì? ma allora è un artista!

– Sarà come dicon loro, ma a noi ci pare impazzato, e, dato il caso, il suo perchè ci sarebbe....

– Sentiamo.

– Io, sia per esser vecchio, sia per il fatto che fino da' primi giorni aiutavo il sor Alberto a raccapezzarsi su per questi poggi, cominciai a diventare il suo confidente (capiranno, a trovarsi nella selva in due soli per delle giornate intere, si finisce per raccontarci ogni cosa) e dàgli oggi, dàgli domani, mi disse che i suoi lo volevano sposare a una ragazza che gli piaceva poco, ma che era ricca, ricca da far paura; che a lui però non gliene importava nulla perchè ci aveva tanto da campare e poi mi disse che in vita sua non aveva mai trovato nessuno che gli volesse bene davvero, e che, avendo dovuto sempre vivere nelle grandi città, aveva preso a noia il mondo e gli uomini, e che si sarebbe fatto frate le mille volte e che se non fosse stato quel gran bisogno di voler bene a qualcheduna (e non gli riusciva di trovarla!) a quest'ora avrebbe detto addio a ogni cosa per chiudersi in un convento e bonanotte!

"L'anno scorso a metà novembre, successe un caso straordinario; una mattina il sor Alberto volle passare di sotto al castello, al Palazzo, come si dice noi, ma proprio di sotto, bàdino! Io non avevo coraggio, perchè quassù ci si tiene tutti a una certa distanza da quella rovina, ma lui tanto disse e tempestò che mi fece fare come gli parve.

"A pena vicini (si scorgeva tutto il muraglione di cinta, in piedi, intatto, co' suoi merli e, dietro, la torre con una finestra doppia a vetri tondi e un colonnino nel mezzo) si sente un suono come di pianoforte, ma più dolce, una cosa divina che non gliela posso spiegare e poi si leva una voce di donna.... di donna? Ma cosa dico? gli angioli del paradiso, lo credano a me, possan cantare a quel modo.

"Il sor Alberto si turbò tutto, rimase lì inchiodato, pareva che ci avesse messo le radici; ed ecco spalancarsi una porticina a muro, e uscir fuori un servitore, moro, capiscono? proprio come gli africani, e tutto vestito di rosso!

"Loro non possono credere lo spavento che provai; ma quello venne avanti e ci domandò la strada per andare alla più vicina bottega (discorrendo male, ma colla voce come abbiamo noi) e il sor Alberto, tutto gentile, gliela insegnava e poi lo volle accompagnare, con mille attenzioni e cortesie che il servitore pareva diventato lui!

"Si figurino, quassù! noialtri! L'Adelaide, io, il postino, tutte le volte che quel còso rosso veniva a bottega, facendo scappare i ragazzi, si tempestava di domande. Lui comprava i generi (poco pane, e casalingo, qualche fiasco di vino, uova, polli) e zitto. Una sera soltanto in cui ci riuscì di fargli bere due o tre bicchierini di certosino, ci disse che quel castello l'aveva comprato a Firenze, senza vederlo nemmeno sulle fotografie, e a porte chiuse, da' vecchi padroni, la sua signora, un'americana ricca come non se ne può avere un'idea e che aveva girato tutto il mondo. Nè ci fu versi di cavargli altro di bocca.

"Io, ma il sor Alberto più di me, ci si struggeva di saperne di più; quando una mattina, a brùzzico, venendo qui alla bottega a prendere il signorino per andare a caccia, mi sento dir dall'Adelaide ch'era uscito la sera avanti, dopo cena, e non era tornato più!

"Mi si rizzarono i capelli sulla testa!

"Pensavo a mille pericoli, a mille casi.... che fosse ruzzolato nel borro, che si fosse sperso nella palina, che l'avessero affrontato i fuorusciti.... Tutta la notte si battè il monte colle lanterne; si saliva su questi poggetti e colle mani alla bocca s'urlava a perdifiato: Sor Alberto! Oh! sor Albertoooo!... e l'eco pareva che ci pigliasse in giro; rispondeva da tutte le grotte: ....bertooo!! ma non si trovò nulla e all'alba, pallidi, stanchi, morti, si ritornò dall'Adelaide colle trombe nel sacco. Costì, però, ci aspettava una sorpresa. Il moro era venuto presto presto, e aveva detto, esprimendosi alla meglio col suo parlare forestiero, che la sera avanti s'era imbattuto nel sor Alberto che scendeva giù verso la via provinciale e che gli aveva dato un bigliettino pregando di recapitarcelo, e sul biglietto c'era scritto: "Vado a casa, torno presto, saluti; Alberto". Si tirò tutti un respiro.... Dio! che paura ci aveva fatto!

"Per quasi un mesetto si stette tranquilli, ma nuove del sor Alberto non si avevano; quand'eccoti, una mattina, prestissimo, si sente giù nella strada provinciale la tromba d'un'automobile e di lì a mezz'ora, tutto sudato, arriva quassù un signore che ci domanda del sor Alberto.

"E noi: – È in città, da' suoi....

"– Come da' suoi? o se io sono suo fratello – (e difatto lo somigliava come una gocciola d'acqua a un'altra) – e vengo a posta a cercarlo perchè non ne ho più notizie da un mese!

"Se lo imaginano, loro, come si rimase noialtri?

"Quel signore cominciò a piangere e a disperarsi, e noi a calmarlo, a fargli animo, arzigogolando supposizioni con supposizioni.... sarà qui, sarà là, avrà fatto, avrà detto.... ma, in fondo al cuore, si faceva bell'e morto, sfragellato in fondo a qualche precipizio in un di quei momenti di melanconia che lo rendevan mutolo come la tomba.

"Non so a chi, forse a me, venne in mente, a un certo punto, il moro vestito di rosso. Che fosse rinchiuso nel Palazzo? e si disse ogni cosa al fratello del sor Alberto; ma quello, con gran meraviglia di tutti, ci rispose che proprio per la via provinciale, distante forse otto o dieci miglia, aveva incontrato sul far del giorno, un'automobile rossa, guidata da un moro vestito di rosso, con dentro una signora tutta rinvoltata in veli azzurri e che non aveva potuto vedere se fosse giovine o vecchia, bella o brutta, perchè andavano come il vento, e anzi le due vetture avevano corso il rischio di cozzarsi insieme e capitombolare giù dal Pontaccio.

"Nessuno di noi sapeva più che pesci si pigliare.

"S'andò col fratello del sor Alberto fino al Palazzo, e lì chiama, urla, bussa.... si spararono fucilate in aria, si fece il diavolo a quattro. Nulla! Soltanto al rumor degli spari, una gran frotta di falchi si levò a volo sopra la torre e si perse di là dal crinale della montagna.

"Era mezzogiorno, il sole principiava a picchiare e si decise d'andare a mangiare un boccone e seguitar le ricerche.

"S'era a pena a tavola, quando si sente un urlo dell'Adelaide: Eccolo! è lui! e di lì a poco il sor Alberto, in persona, entra in bottega, pallido, cogli occhi cerchiati di nero, barcollando come un ubriaco.

"E non volle dir nulla, e non si potè fargli aprir bocca in nessuna maniera; mangiò pochi bocconi, poi buttò via ogni cosa come se il pane gli paresse amaro e supplicò il fratello, se gli volesse bene, di lasciarlo in pace, di non venire più nemmeno a cercarlo quassù; volle ritornar subito al Palazzo, ci dichiarò che ora quel castello era suo e che ci poteva stare finchè volesse: ma il fratello (lui doveva conoscerlo bene!) mi si raccomandò che lo guardassi e non gli lasciassi armi cariche a portata di mano.

"Ma sì! quando s'era chiuso dentro a quella ròcca come si poteva saper quello che avrebbe fatto?!

"Per una fortuna (dico fortuna per modo di dire) si ammalò. Una mattina s'affacciò alla finestra della torre e mi buttò le chiavi della porticina pregandomi d'andare ad assisterlo. Obbedii e quel giorno scopersi il segreto.

"Avessero visto il Palazzo, dentro! un mucchio di rovine; colonne spezzate, capitelli infranti, vasi, statue, cornici, tutto ammonticchiato e dal tetto cadente ci pioveva e sopra ci vegetavan l'erbe e ci si posavano gli uccelli. Soltanto nella torre, a pian terreno e al primo piano, eran tre o quattro stanze belle, ma scure, coi muri massicci che le devon render fresche di state e calde di verno e una poi, mobiliata.... non gliela posso descrivere!

"Il sor Alberto era sdraiato in un gran letto alto, a colonne, tutto parato di rosso, e rosse erano le pareti della camera, rosso il tappeto in terra, il soffitto portava nel mezzo una bestia verde scolpita. Da una parte poi vidi una specie di pianoforte, ma più piccino, tutto pitturato e coperto di fogli di musica, alla parete un ritratto al naturale, bello, di donna, e di faccia uno specchio (grande come un uomo) che lo rifletteva....

"Il sor Alberto aveva la febbre, il delirio; mi si raccomandava che non gli chiamassi il dottore, se no si sarebbe buttato giù dal letto, avrebbe fatto chi sa quante pazzie.... insomma, affari seri! Come Dio volle, si calmò, ma stringendomi le mani con una forza da spezzarmi l'ossa, mi singhiozzava all'orecchio: – L'avevo trovata, capisci? la felicità.... e l'ho perduta!... per sempre!

"Non mi è riuscito mai di sapere come fosse successo che aveva incontrato quella donna; capii che l'aveva ammaliato, l'aveva rinchiuso con sè nel castello, l'aveva fatto impazzar d'amore, poi, stanca, era fuggita, non vista da nessuno, così come era venuta, a guisa d'uno spirito, lasciandolo addormentato nel letto. Mi fece vedere anche uno scritto, dove gli diceva che non l'avrebbe riveduta mai più.

"O cosa ci faceva, dico io, sola fra questi monti? chi era? E avrà avuto marito? Chi lo sa? Ha trovato quel bel giovine, gli ha fatto la fattura perchè non se ne potesse scordare, poi è fuggita, come le zingare quando hanno dato il malocchio.

"E quel bel giovine ora morrà di cattiva morte, tisico spolpo, consumato dal desiderio.... o perchè? me lo dicon loro, o perchè? Chi si raccapezza in questo rebus? Che gusto avrà provato a tormentare una creatura così, chi sarà stata quella donna?...

Il silenzio era alto nella cucinetta fumosa; di fuori il vento impazzava più furibondo che mai e, davanti alla mente, ci passò rapida la visione della camera rossa, in quel castello diroccato fra le montagne, dove un uomo agonizzava, giorno per giorno, disteso sopra un letto di damasco e circondato da magnifici fantasmi che si divertivano a torturarlo.

Ma l'Adelaide, che aveva ascoltato ogni cosa dietro al buco della serratura, spalancò di colpo la porta, ed affacciando sulla soglia la sua faccia ributtante, esclamò:

– Chi era quella donna, glielo dirò io, invece, che non ho mai visto fare al sor Alberto nemmeno il segno del cristiano.... quella donna, era il Diavolo!

E questa volta, non rise.

BALENO.

A Gherardo della Gherardesca.

Tutta la mandria alzò dalla pastura i colli sui quali i crini lunghi s'agitavano come bandiere e annitrendo insieme staccò il galoppo e fuggì.

Lo stecconato tremava ancora, i pini lungo la strada ferrata agitavano ancora le chiome irsute quasi per iscuoterne i lembi capricciosi di fumo che vi si erano impigliati per entro, e già il treno scompariva ululando con gran fragore di catene sbattute.

Un puledrino bluastro, riccioluto, dalle gambe troppo lunghe, dalla coda troppo prolissa, trotterellava in mezzo al prato fiorito colla testina piegata capricciosamente sul petto, stronfiando dalle froge umide e tènere per la rabbia d'essere stato lasciato indietro.

Ma la corsa dei puledri si piegò in arco, cinse il cavallino, lo prese in mezzo a un vortice di criniere di zampe di musi, di occhi lagrimosi e lucenti, poi s'acquietò di nuovo con romor sordo di zampate sul terreno molle, di criniere fluttuanti, di colli che si squassano, di labbra che brucano e il puledrino si rimise a pascolare anche lui.

Ogni giorno succedeva così, ogni giorno, dacchè aveva avuto il bene della vista ancora imperfetta, e del finissimo udito.

Adagio adagio imparava a conoscer la vita.

Staccato dalle mammelle della madre, una morella elegante che lo mordeva sui fianchi quando la poppava con troppa forza, era stato preso una volta nel vortice di groppe irsute, trascinato fuori dall'ombra fitta delle grandi piante, aveva visto davanti a sè un gran mare di luce e di verde, un mare che l'invitava a tuffarvisi colla voluttà dei colori e degli odori.

In mezzo a maschi alti e ringhiosi, che, al contatto dell'erbe lunghe e fresche, mettevano il muso fra le zampe anteriori e sparavano all'aria coppie di calci giocondi, dimenticate le giumente dall'occhio spaurito che i grossi cavalli colle pupille fiammeggianti solevano azzannare pel collo a sommo della criniera ondeggiante come le chiome della tamerice, s'era lasciato condurre dall'ondata folle della mandria incontro alla libertà inebbriante e sconfinata della pastura libera.

La mandria galoppava tra le stoppie altissime verso il prato dove luceva la pozza d'acqua salmastra ed egli stentava a seguirla barcollando sulle zampe lunghe, scuotendo la cervice riccioluta da cui il ciuffo bipartito gli velava ogni tanto gli occhi con un'ombra che lo spingeva a scartare bruscamente per paura dell'ignoto; poi si fermava, erti gli orecchi aguzzi, ascoltando, e tentando di raccapezzar qualche cosa in questo caos di colori e di romori che è il mondo; e udiva benissimo gli urli sordi, le rombe possenti come di tuoni lontani del mare a lui sconosciuto e vedeva alla linea lontana dell'orizzonte passare e ripassare delle strane fantasime, le piante scapigliate dal libeccio che si disperavano al vento.

Crebbe così libero e inconsapevole, timido e selvaggio; seppe la dolcezza della pastura, il furor della rissa quando i vecchi puledri si battono ringhiando con dei rivolgimenti di groppe più rapidi del lampo, a morsi e a calci, per l'odore di qualche giumenta che galoppa nel prato opposto separata da loro per mezzo della staggionata alta, conobbe il terrore della bufera, l'abbacinamento della folgore, lo schianto secco come di una gigantesca frustata che laceri il gran velario delle nuvole, la fuga al riparo sotto le querci spinto coi giovani innanzi a colpi di muso dalla mandria furibonda lanciata a un galoppo di tregenda, gli zoccoli allungati e riuniti col ritmo stesso del mostro nero fuggente e fumante, sulla prateria che palpita commossa simile all'onde dietro la vela.

Poi una notte, mentre un arco di luna, cereo, tranquillo, pendea tra due fiocchi di bambagia dalla nera profondità gemmata di stelle, e per le prata sinuose di ondeggiamenti molli, come di flutti rigonfi immobili per incantesimo, riposavano in gruppi oscuri i cavalli bradi, sentì il desiderio di saltare lo stecconato e, urgendolo col muso, protendeva il collo flessibile verso la stoppia di fronte dove una giumenta ascoltava, ferma sulle quattro zampe, la coda pendula che strascicava sull'erbe, la criniera abbandonata che non increspava alito di brezza, gli orecchi aguzzi voltati dalla sua parte e gli occhi che, spettrali, balenavano specchiando, nel girarsi, una stella.

Allora sentì che dentro di lui accadeva qualche cosa di strano e d'ignoto, le gambe nervose cominciarono a tremargli convulse, aprì le froge, soffiò con forza bava e sospiri, scoprì i primi denti, fece l'atto di slanciarsi contro l'assito, vi appoggiò le zampe anteriori, vi sdrucciolò sopra, ricadde coi quattro piedi sull'erba e sollevando il capo alle stelle per tre volte lungamente nitrì.

La giumenta rispose; i cavalli bradi eressero le teste aguzze nel buio, un cane lontano abbaiò disperatamente alla luna.

E appena fu l'alba sul prato che si dipingeva di viole e di rosa, l'uomo entrò come un fulmine, sulla grande giumenta dalle forme snelle; arrivò di galoppo inchiodato fra gli arcioni della sella bestiaia, coi gambali di pelle di capra, la casacca di bufalo, la pipa in bocca, l'enorme pertica in pugno.

Il cavallino galoppò dietro alla giumenta, mentre la mandria correndo si sbandava urtandosi, incontrandosi, montandosi l'un l'altro addosso in abbracciamenti strani colle zampe incerte che ricadevano; galoppò a distanza scrutando coll'occhio inesperto la grande asta che l'uomo bilanciava nel sole, poi nel cielo azzurro un gran serpe si snodò velocissimo; una stretta dolorosa, uno strappo, un inciampicone e il cavallino morello giacque vinto sull'erbe, mentre da ogni parte altri uomini accorrevano sobbalzando sulle giumente, si precipitavano a terra, lo immobilizzavano con venti mani artigliate, e un dolore feroce, cocente, indicibile gli si imprimeva nel fianco rotondo da cui esalava odore acre di pelo strinato e di carne abbruciacchiata.

E lo stallone, col marchio impresso della sua buona razza, rimase lì, sotto il sole ormai ardente, coll'occhio torbo da cui scendevano lente lagrime amare, guardando sparire la bella giumenta complice e schiava dell'uomo che lo aveva ingannato così.

Dov'era la bella giumenta, quando l'uomo a viva forza, appoggiandosi al garrese, balzato sulla groppa del recalcitrante, stringendogli i fianchi colle ginocchia aspre fino a mozzargli il respiro, lo tempestava col nerbo rigandogli il pelo irsuto, mentre l'aria tagliata dalla corsa furibonda fischiava d'intorno come quando impazza scirocco?

Così, mal domo ancora, coll'acciaio duro cacciato fra i robusti picozzi, il bel puledro morello pomellato di macchie bizzarre disegnate a pena sotto il pelame ribelle, divenuto sicuro, scappatore, un po' sitoso, pronto ad inalberarsi e darsi al saltamontone a un fiato di cavalla, colla coda a tromba, l'incollatura in arco, l'arresto elegante, fu condotto alla tosatura.

La forbice crudele tagliò quei riccioli bruni, difesa dall'incostanza dei venti nelle notti di riposo senza riparo, corresse la criniera capricciosa come i ciuffi di tifa, scorciò la coda terror di mosche e di tafani azzurri.

E poi che lo scatto del puledro era potente, il galoppo serrato ed unito, l'ambio vastissimo, fu chiamato "Baleno".

Ma nessuno, fuori del bùttero che l'aveva domato, potè mai azzardarsi a montarlo senza far conoscenza col terreno, e perchè il bùttero era tutto nervi ed ossa, adusto dal sole e dal vento come la pelle degli otri posti a seccare, dovè accompagnare Baleno in uno sconquassato vagone dove l'uomo e la bestia, tra gli scossoni del treno, sonnecchiavano sognando le lande luminose abbandonate.

Per quanto?

Cavallo e fantino, storditi e disorientati, ritrovarono sè stessi sulla grande prateria di smeraldo, cinta in giro di stecconate celesti, di là dalle quali si pigiava fremendo la moltitudine ansiosa.

E come i cavalli furono in riga, oscillanti, e i piccoli uomini vestiti di seta rossa arancione turchina schioccavano le palme sui colli nervosi per placare la volontà di gettarsi avanti, qualcuno abbassò una bandiera e le redini s'allentarono a un tratto.

Fu una vertigine di volo, e nel terreno fresco per pioggie non remote le orme dell'unghie calde de' cavalli di razza s'affondavano come colpi di pali ferrati; così cavallo e fantino, colle teste protese, avvicinate nell'ansia della gara, rovinavano in mezzo agli schizzi potenti del terreno che trentadue zoccoli avventavano in aria urtando la pista sulla quale parevan sospesi.

L'urlo della folla alla prima voltata fu come il vino che inebbria, la bocca docile sentì trattenersi, la spalla che non ancora sudava sotto la criniera arruffata s'avvicinò allo steccato, poi il morso tornò lento tra i denti verdastri, le zampe deretane springarono come due suste d'acciaio liberate dai vincoli, l'occhio s'iniettò di lampi sanguigni, il ciuffo bipartito alto ora nel vento lasciava scorgere lo spazio libero innanzi e Baleno vi si precipitò furibondo.

Accanto era l'ombra del grande cavallo inglese....

La testa! Oltrepassarne la testa, dominare, per sè solo, la gran distesa verde, lasciarsi alle reni il respiro enorme, il romore frenetico di sette uomini e di sette cavalli....

Il collo di Baleno scattò di tra le spalle come il capo del serpe aggrovigliato alla pianta, s'allungò disperatamente insieme colle quattro zampe nervose e, sulla seconda voltata, spuntò nero fra i colli rossicci de' concorrenti inclinati l'uno sull'altro quasi per un prodigio, sorretti in equilibrio da una forza soprannaturale, e in mezzo all'urlo folle che s'espandeva sull'ampio prato sotto il gran sole di maggio, gli otto cavalli scalati ormai l'uno dietro l'altro, Baleno in testa, sparirono confusi in un insieme multicolore di nerbi di giubbe e di criniere.

Ah! come triste la pupilla del cavallo selvaggio interrogava più tardi nell'ombra tiepida della stalla, fitta di gente silenziosa e affaccendata, il suo bùttero adusto colla giubba di seta sanguinosa, e come fu eloquente in questo il desiderio di ritornare sulle spiagge róse dallo scirocco afoso e dal libeccio fresco, insieme col suo stallone azzoppito!

Cosa importava se Baleno non avrebbe serbato altro che il suo solo gran nome, ricordo di quello che fu? La razza rimaneva; era il cavallo generoso il quale aveva nel suo oscuro istinto, alimentato da avene di pasture eccellenti, la forza della vittoria, era lo stallone il quale avrebbe potuto perpetuare una stirpe meravigliosa....

Il fantino spogliò con un respiro di liberazione la giubba di seta e calcò sulla fronte bassa e sfuggente il cappelluccio verde da cui spuntavano i riccioli irsuti, simili a quelli che un giorno lontano eran caduti a Baleno sotto le forbici del tosatore che le menava, cantando di gioia, a tondo sulla schiena del puledro impastoiato, fremente dalle orecchie alla coda come un nervo teso.

Il bùttero indossò la cacciatora di frustagno, tolse dal carniere ampio la vecchia pipa grommosa e vi cacciò, a ricordo, la giubba di seta insanguinata; poi si rinchiuse, con cuore più lieve, insieme col suo cavallo zoppo, nel vagone sconquassato dove l'uomo e la bestia, fra gli scossoni del treno, sonnecchiarono ancora risognando le lande luminose abbandonate.

Ma ora correvano loro incontro; l'aria salsa della maremma si faceva sentire, già le grandi nuvole veleggianti sul cielo sconvolto annunziavano la vicinanza dell'acque; ecco le prata, ecco le mucche, ecco le bufale che mugghiano lente alla vaporiera strisciante tra i pini che trattengono prigionieri i lembi stracciati del fumo; ecco la romba sorda lontana a cui risponde dall'alto il grido atroce della cornacchia, ecco le mandrie che pascono, ecco la galoppata dei puledri, colle criniere agitate come le ciocche della tifa o delle tamerici, girare intorno ai prati all'avvicinarsi del treno....

L'uomo dal grande sporto spalancato del vagone, appoggiato perdutamente alle sbarre di ferro, colla pipa accesa in bocca, contemplava cogli occhi umidi.

Ecco il canale lucente sopra al quale si curvano i cignalotti Aquilani finchè la febbre non li fulmini sugli argini molli, ecco i vergai forti in sella fra mezzo l'armento che ondeggia come i cavalloni, ecco in una lieve depressione del piano la vergheria colle sue lavorazioni, coi suoi impostìni, colle sue casette, ecco un cacciatore colla nicchia a tracolla, ecco la macchia nera fremente, formidabile, ecco le lande, ecco il mare!

E Baleno premè di nuovo collo zoccolo ferrato l'erbe rigermogliate là dove aveva stampata l'orma greggia e in giro al largo staggionato mandò il fiero saluto a cui fecero eco i cavalli bradi che ringhiavano in crocchio sotto l'olmo solitario, le puledre che caracollavano sotto le querci, i vecchi che sognavano in mezzo alla stoppia.

Fu re.

Gli portarono le giumente dall'occhio di fiamma, nella primavera calda quando i giovani puledri condotti alla scrinatura empiono come di risate squillanti la vallata ed il monte. Fu re: quanti alberi si contavano all'ingiro del suo reame ebbe figli: sauri, roani, morelli, bai, pomellati, stellati, macchiati, balzani....

Io lo vidi. Contro il fiammeggiar d'un tramonto lo stallone pascolava in cima d'un colle, senza vincoli, ignudo.

A un soffio di maestrale alzò la testa aguzza. Il bùttero, appoggiato con un braccio all'alto garrese, guardava nel vuoto con beatitudine stanca e il gran cavallo nitrì.

Allora, da tutte le parti, dalla foresta vicina al mare invisibile che sciacquava lontano, le puledre e i giumenti risposero; tutto il cielo fu pieno dei tremoli acuti richiami del grande armento di bronzo il quale si riuniva sulla sterminata radura in uno sventolare incessante di code e di criniere come per esser passato in rivista dai due campioni, umano ed equino, della razza gagliarda e randagia che soli governano i venti.

IL GIUSTIZIERE.

A Giovanni Verga.

– Piglia le tue robe e vàttene!

Terribile, raddrizzando la persona che serbava ancora la traccia dell'antico vigore di razza non corrotta, temperata dalla vita all'aria aperta, Costante additava con gesto tremante della sua stessa energia, la porta alla donna.

Lei, assai più giovane di lui, curvate sul terreno faticosamente le flosce carni abbondanti, raccoglieva in fretta pochi indumenti, della biancheria, delle vesti, qualche gioiello, in un vecchio scialle della China disteso sopra l'ammattonato della stanza, e intanto coll'occhio piccolo, lustro, sogguardava di sbieco il marito, chè la collera non lo spingesse verso la rastrelliera delle spingarde, le quali s'incrociavano in mezzo a una parete sotto il falcone impagliato coll'ali spiegate.

Poi, come vide che il gesto non mutava, riunite in una le quattro cócche e rapidamente annodàtele insieme, dall'uscio aperto, rasentando di sbieco la soglia come una cagna sotto la minaccia della pedata, fuggì.

La stanza si fece scura perchè il sole era scomparso dietro una nuvola e a Costante parve d'essere sprofondato nell'abisso.

Colla testa nascosta tra le grosse mani nodose pensava, senza volere, poi che in una rapidissima serie di visioni gli passava davanti agli occhi della mente lo spaventoso turbine di disgrazie che, una dietro l'altra, lo avevano percosso e travolto, e il cuore gli si gonfiava e l'anima pareva volesse uscirgli dal petto per la grande ira troppo a lungo compressa.

Ancora una volta aveva rinunciato al diritto della vendetta; ci aveva rinunziato per lui, per il figliolo, ch'era il suo orgoglio e la sua vita.... e tra i molti e acerbi riprocci che aveva da farsi, non voleva aggiungere anche quello d'avergli spezzato l'avvenire.

Povero? Sì; ma che gli restasse suo padre.... e il nome senza macchia!

E, come al pensiero del figlio la piena dei sentimenti amari e tumultuosi che agitava il petto di Costante s'era acquetata inondandogli l'anima d'una acerba dolcezza, si alzò, barcollando, agguantò il vecchio bastone ricurvo e poggiandovisi perdutamente, s'avviò per la lunga strada bianca sulla quale da troppo ormai tardava a ricomparire Giannino.

Il cielo si tingeva delle fiamme del tramonto, chè già il sole era scomparso dietro la linea crinita dell'orizzonte fosco e immani tentacoli di nubi turchine serpeggiavano allungandosi su pel grande arco viola agitate e trasformate continuamente da un vento d'uragano che via via rinforzava; e pensando al modo con cui avrebbe dato al figliolo quell'orrenda notizia, e arzigogolandone mille e non trovandone mai uno conveniente, Costante si trovò lontano sulla maestra polverosa spazzata dalla brezza serale; e poi fu notte fonda e il cielo si parava tutto di nero e il mare invisibile mandava un ululato continuo aumentando l'angoscia di quell'attesa: così il vecchio, nell'alzare gli occhi a contemplar l'orrore del luogo, ritrovò l'orrore di sè stesso e si fermò ghiacciato dallo spavento, tra il buio della macchia e dell'aria, tra l'urlo del vento e del mare, ripetendosi macchinalmente una frase semplice e terribile: Non è tornato!

59

– Non è tornato.

Poi che per la decima volta pronunciava le tre parole di cui il cervello percosso pareva indugiasse ad afferrare il senso, quasi in risposta, s'udì, sordo, velato dalla distanza, un furioso galoppo.

Costante tese l'orecchio, appuntò lo sguardo, aspettò, così, colla mano alla fronte nonostante l'ombra, un po' in disparte, rasente la siepe; il galoppo cresceva cresceva, s'avvicinava sempre di più; poi una cosa più nera spiccò sul nero, parve rotolar sulla polvere, il terreno risuonò distintamente percosso da otto zoccoli furibondi, un cavallo montato apparve a venti metri dal vecchio che si pose, come folle, ad agitare fazzoletto e bastone.

La bestia fece uno sfaglio e uno scarto violento a cui seguì il bestemmiare del bùttero che la montava.

– O cosa fate?... 'embè, che volete? Ah! siete voi? Per l'appunto.... tenete – (e frugava nella bisaccia posteriore dell'alta sella bestiaia) – è per voi.... dice che è urgente,... bòna Morina! me l'avete fatta impaurire....

– Chi ve l'ha data?

– E chi lo conosce? un broccione, laggiù, verso le Preselle.... buonasera!

E spronò e continuando la corsa si rituffò nella notte.

Costante, smemorato, colla lettera in mano, si gettò in terra, per evitare le folate, dietro un mucchio di sassi; bocconi, così, adagio adagio, tirò fuori gli occhiali, li inforcò, poi, sempre a tastone, depose la busta gualcita davanti a sè sul margine del fossetto, infine, con precauzione, battè l'acciarino e fece sprizzare la fiamma.... Era la calligrafia di Giannino! Allora, con cura infinita, il vecchio cinse il lumicino delle palme tremanti, lesse, con raccapriccio, senza rendersene ragione, l'indirizzo scritto a lapis in caratteri incerti e un grande "urgentissima" sottolineato da un baffo e cominciò a battergli il cuore forte forte....

Così, a furia di pazienza, rinnovando continuamente la fiamma che il vento spegneva, lacerò la busta, lesse la lettera. Conteneva poche parole: "Caro babbo; mi trovo nelle mani di Borbottino. – Pigliate quanto denaro avete in casa e venite a liberarmi. – Non avvertite nessuno o son spacciato. Correte subito e solo (sottolineato) alla Presella del Castiglioni. – Giannino!".

Costante ripose in tasca lettera e acciarino, s'alzò, riprese il bastone, e voltando le spalle a casa, s'avviò spedito lungo la via provinciale.

Non aveva esitato un attimo e la cosa, dopo tante disgrazie, gli era parsa così naturale e anche aspettata, che il cuore smise di battergli e la novità della sventura cancellò il ricordo di quell'altre recenti, facendogli quasi circolare per le vene una specie di tranquillità.

Andava, nella notte, sotto la minaccia della burrasca, tentando la via col bastone, dove le siepi più alte inopacavano tutto, senza incertezze e senza sospetti; rifaceva, così, quella strada che in altri tempi non avrebbe battuta se non munito di lanterna e colla doppietta carica e al punto; camminava spedito e tutto gli pareva naturale e a nulla più dava importanza.

Quando sboccò, dopo diversi chilometri, in aperta campagna, sulle praterie libere che mettevano delle vaste zone pallide nelle tenebre, cinte soltanto da rade staggionate, una torma di cavalle brade galoppò di fianco a lui con un sordo rumore inaspettato, poi dove le prata s'impaludano e le staggionate finiscono, una bufola enorme che traversava la strada si fermò bruscamente, muggì, poi, abbassando la testa, alzò in arco la coda; ma Costante le diè col bastone sul muso scacciandola semplicemente come un insetto molesto e la bufola balzò via, rovinando, a gran salti e si perse nel buio.

Sarà stato il tocco quando il crosciare, come d'acqua cadente, della boscaglia e i contorcimenti strani di quelle figure nere (le scope) lungo i margini della via avvertirono il vecchio che era arrivato alla Presella del Castiglioni, e subito una forma umana si staccò da una di quelle figure agitate, quasi l'enorme scopa si fosse scissa in due e con la doppietta spianata intimò il: ferma! a Costante.

– Son io.... son io.... e son solo.... ecco la lettera.... Giannino, dov'è?

Una mano di ferro ghermiva la grossa mano robusta del campagnolo e lo traeva nel fitto.

Buio perfetto! Era come se uno fosse diventato cieco a un tratto, e Costante si lasciò strascicare e sorreggere, incespicando, chinandosi a un ordine, voltando scendendo salendo, finchè una sorda voce gli disse: – Ora sempre diritto, dietro a me.... – sul terreno dove si disegnava la traccia d'un viottolo s'allungò la striscia gialla della lanterna cieca, aperta all'improvviso.

Il viottolo si sprofondava sempre di più, a fitta china, si perdeva sotto ammassi di tritume, sotto grovigli di barbe, riappariva per l'erbe piegate, per un fossetto scavato dallo sgrondo d'acque silvane; sentiero da cignali, guida invisibile, fra due pareti di verzura fitta, a un avvallamento umido dove era cresciuta, nascondendola, una ragnaia impraticabile adatta alla corazza dei porcastroni che vi sbucasser le lestre per accucciarvisi a ghiado.

A un tratto, un foro obliquo apparve nel forte, l'uomo dalla lanterna vi sparì, poi porse una mano a Costante e lo trasse giù, pel buco.

Sotto una dècupla impenetrabile volta di ramaglia, illuminati da lanterne cieche le quali lasciavano in ombra i volti e splendevano vive sul terreno battuto come un'aia, seduti sopra coperte da cavalli, con in mezzo gli avanzi d'un pasto, Borbottino e due uomini vestiti come lui di cacciatore stinte e d'alti stivali da caccia, coi fucili sulle ginocchia, discorrevano con Giannino a cui non avevano tolto neanche la cartuccèra della cintura.

– Buonasera: Siete solo?... Avete agito da galantuomo e vedrete che ci sarà modo di intenderci.... D'altronde, ormai siamo capitati male.... siete di questi boschi anco voi, e sapete cosa vuol dire.... L'inverno è stato brutto e bisogna vivere. Dunque, ragioniamo un po' dei nostri interessi e vediamo d'accomodarci, chè il vostro figliolo m'è simpatico ed è una persona che conosce il viver del mondo.... buttatevi giù.... sarete stracco.... e te, Nicche, e te, Pantera, movetevi, dategli un gotto di vino....

– Grazie! Ho bisogno d'una cosa soltanto....

– Se potessi.... chi sa.... volentieri....

– Che mi mettiate, ritto, laggiù in fondo, in quell'angolo, e mi scarichiate i tromboni nella testa. E subito, anche!

La voce di Costante era tranquillissima, non un muscolo del suo volto tremava, mentre i briganti e

Giannino eran rimasti stupefatti a guardarlo, senza parole e gesti.

– Io e voi, Borbottino, ci si conosce e da un pezzo. Son sempre stato galantuomo? Sono sempre stato ragionevole? E son sempre stato capace di capir le circostanze o di ritrovare chi m'abbia fatto un sopruso? Bene. Io non so perchè son qui, catturato da voi, mentre, all'incontrario, dovrei esser con voi e come voi!

– Non capite? Eppure la ragione, eccola lì. In quel figliolo. La sua mamma (una volta tocca a saperlo anche a lui) da gran tempo cuopre me, la mia casa di vergogna.... e ci avesse soltanto fatto questo, a tutti e due! È imbestiata, è accecata, è diventata pazza! M'ha dato, mani e piedi legati, nelle mani del mio nemico, l'ha aiutato a spogliarmi di tutto e, finalmente, mi ha rubato i documenti in una causa di confine che avevo col Bigio! Lei l'ha messo in condizioni di vincere! Lei, capite? E così mi mangerà ogni cosa, terra e bestiami, boscaglia e casa, anima e sangue!

"Perchè la casa non è più nostra, capisci, Giannino? È sua, cioè di loro, perchè io stasera l'ho mandata via, l'ho scacciata dal mio tetto la maledetta, come una bestia arrabbiata, intendete? E domani lui butterà fuori di casa me e ci torneranno insieme e beveranno il mio vino e si scalderanno al mio focarile.... perchè sono sicuri che non li ammazzerò!

"Ah! lo sanno bene, che non li ammazzerò, per via che di tutto quel che m'hanno rubato, m'è rimasto lui costì, m'è rimasta cotesta creatura che è il mio orgoglio e il vanto mio.... Capite? lui ora ha finito tutti i suoi studi, a furia di sacrifizi e di lavoro l'ho condotto a farsi una posizione e può girare il mondo ed è sicuro di vivere.... Ma come potrebbe fare, me lo dite voialtri, se fosse il figliolo d'un assassino?

"Loro lo sanno che io mi dibatto, preso in questa tagliola, tra il bisogno di vendicarmi che mi fa schiantar l'anima, e l'avvenire di questo figliolo che non m'ha dato mai un dispiacere al mondo.... loro lo sanno, quei manigoldi, e ne ridono insieme.... Borbottino! Fatemi questa carità fiorita; ve lo chiedo per l'anima dei vostri morti, se ve ne ricordate ancora, piantatemi una palla nella testa, e liberatemi una volta per sempre!"

Borbottino s'alzò, prese una lanterna, la cacciò sul viso di Costante, lo squadrò bene, poi la ripose in terra e passeggiò su e giù agitato.

Nel silenzio, s'udiva il singhiozzare roco, ansante, spezzato come un rantolo, di Giannino appiattito colle braccia in croce, quasi gli fosse cascato addosso un macigno, sul terreno battuto come un'aia.

Costante strisciò vicino al figliolo, lo afferrò freneticamente per le spalle, lo baciò convulso sul capo, si mise a sedere accanto a lui, se lo tirò sulle ginocchia come quando era bambino, poi abbassò la testa sul petto e non si mosse più.

Rimasero a quel modo, nella penombra, quasi assopiti, mentre, a uno a uno, in punta di piedi, i fuorusciti lasciavano la grotta; ma i due non se ne accorsero neanche e adagio adagio il sonno riparatore, come dopo tutte le grandi commozioni, scese sulle loro palpebre, attutì la loro coscienza in tumulto, invase con un torpore insensibile e dolce il loro sangue acre, e si addormentarono, così.

Di fuori l'uragano era scoppiato certamente, violentissimo, perchè nel gran silenzio di quello speco s'udiva un brulicare come di pioggia lontana e dalle barbe che formavan la volta si faceva strada uno stillicidio di gocce le quali, dopo essersi inseguite lungo una radice sporgente, cadevano a piombo in un incavo del terreno con ritmo sì monotono e sì regolare che pareva scandisse gli spazi del tempo a quella quiete angosciosa.

Quanto durò l'attesa? Per quanto, le anime dei due disperati errarono immemori nel mondo cieco dei sogni?

Nell'abisso le ore non si misurano.

L'alba faceva rabbrividire la superficie opaca delle paludi e le foglie estreme degli alberi alti alla foresta, quando un rumore di passi risuonò per la spelonca e nel livido colore che schiariva gli oggetti, l'alte figure dei fuorusciti apparvero agli occhi sbarrati dei due che si erano bruscamente ridesti guardandosi intorno smemorati ed incerti.

Ma Borbottino si avanzò e assumendo una di quelle pose teatrali che eran così care ai briganti di mezzo secolo fa, disse al vecchio piantandoglisi davanti colle braccia incrociate: – Quando Borbottino sarà morto ammazzato in fondo alla macchia da una fucilata traditora, raccontate anche questo, di lui. Ora andate a casa vostra, e vivete in pace, chè nessuno vi toccherà più una foglia del campo nè una sedia di casa, e se una volta mi fermerò lì son sicuro che avrò da mangiare e da ricoverarmi e che nessuno mi denuncerà....

Qui il brigante s'interruppe e, chinandosi rapido sopra Giannino che era balzato in ginocchio colle pupille torve e aveva agguantato il fucile vicino con uno scatto di belva, gli posò sulla spalla la sua mano di ferro costringendolo a curvarsi e gli mormorò nell'orecchio:

– *Lei*, è viva....

LA FAINA.

A Térésah.

Buriglia, detto anche Sciupa-boschi, aveva dei dispiaceri. E i dispiaceri erano originati dal fatto che egli s'era guasto con la dama alla quale discorreva da un anno.

E la dama, Rosa, una bellissima ragazza che portava meravigliosamente il proprio nome, alta bionda formosa, coi denti bianchi, le carni lisce, la vita piccola, le spalle e le braccia da statua, era figliuola d'un vecchio cacciatore e mezzo guardaboschi, il quale aveva imposto al futuro genero il dilemma inesorabile: O farla finita col bracconaggio e mettersi a lavorare, o rinunziare alla ragazza.

Buriglia ci s'era provato; ma per ricascare subito dopo nel vizio antico; una volta, due, il giovinotto se la passò franca, ma alla terza il vecchio fu irremovibile. Fatto questo, come s'intuisce facilmente, che non avrebbe avuto conseguenze serie circa gli amori del bracconiere e della Rosa, se ella non si fosse piccata, ("tutta suo padre!", diceva Buriglia) pigliando per un affronto diretto a lei la cocciutaggine del fidanzato.

E fu così che costui una brutta mattina si era visto recapitare un panierino di pere con dentro le lettere, poche, ma ben guernite di scerpelloni, dirette fino allora alla ragazza.

– Le pere, a me? – urlava Buriglia, mescendosi bicchieri di vino, accanto al fuoco, nella retrostanza della trattoria dove finivo di cenare; – le pere, a me? Non son Buriglia se non faccio una strage!

– Ma che strage d'Egitto! Vuoi proprio la ragazza?

– Oh! che dice, signorino, si figuri un po', se la voglio! Solamente per la picca! E poi ci ha qualcosa del suo, sa? Smetterei anche sul serio, lo creda a me, di correre i boschi....

– E allora stammi a sentire.... Ohi! maledetto....

– O cos'ha?

– Ho che, stamani, facendomi la barba da me, nella furia di venir via, mi son tagliato questo labbro.... guarda, mi sanguina ancora e, nel mangiare.... ma non è nulla; dunque senti un po' me. Lepri non se ne vedono.

– Pochine, proprio.

– Le hai finite tu, birbante! starne, neanche.... Si potrebbe fare una cosa? Si potrebbe, per esempio, cercare d'una bella faìna?

– Si figuri! Non bramo altro: costano venticinque lire....

– Ma bisogna pigliarla viva.

– Viva?

– Sì; viva. E rinunziare al guadagno; una volta presa viva, tu l'ammazzi senza sciuparle la testa e il pelo; la dài a me; io te la fo conciare a Firenze, poi te ne faccio fare un bel collare morbido lungo elegante, e tu lo mandi a regalare alla Rosa con un bigliettino dove c'è scritto: ultima caccia di Buriglia. E dopo, ci fai un crocione davvero e.... m'inviti al matrimonio!

Buriglia mi spalancò in faccia i suoi grandi occhi color d'acciaio e dopo qualche istante d'esitazione rispose:

– Eppure, mi piace.... eppure, ci sto! E lei stanotte si divertirà, glielo garantisco.

– Stanotte?

– Eh! per chiappar viva la faìna bisogna trovarla mentre è in giro.... insomma vedrà lei come si fa.... fra poco si leverà la luna piena.... e non pigli il fucile. Bastano il mio cane e una vanga....

– La vanga?

– Quando dico che lei vedrà! Non sa che bisogna andare a cercar l'animale proprio dove.... lei m'ha bell'e capito?

– Proprio in bocca al lupo?

– Ma di notte e senza fucile; nessuno ci può dir nulla; qui non c'è "luogo a procedere". O venga con me.

Era un buio d'inferno; la boscaglia lontana, in fondo alla strada che albeggiava appena fra le due siepi nere, fosca immobile e silenziosa come una montagna: però nel cielo ferveva una vita straordinaria; tutte le stelle, nella notte fredda, rilucevano splendidamente battendo le ciglia raggianti, sicchè l'enorme spazio curvo sopra di noi pareva brulicasse di vivi insetti d'oro; ma volgendo la testa, a levante, si vedeva un chiarore freddo che annunciava la luna imminente.

E infatti si levò, mentre si metteva piede nella selva, e fu un bene, perchè in quelle tenebre io cominciavo a pentirmi della proposta fatta a Buriglia, il quale, con una zappa sulla spalla e il cane a guinzaglio che tirava fiutando, trotterellava avanti a me senza dir nulla, tutto assorto nel suo sogno di riconquista della Rosa.

Pensava proprio a cotesto, perchè nell'atto d'entrare nel bosco mi disse a bruciapelo, continuando il filo d'un pensiero: – E sa, fra l'altre cose, è diverso tempo che il vecchio trova le galline sgozzate....

Sulle quali parole, soddisfattissimo delle speranze che da sè riaccendeva nel proprio cuore, Buriglia calò sulla bocca larga dai bianchi denti di carnivoro la saracinesca dei baffi spioventi e non riaprì le labbra altro che per avvertirmi, mentre avanzavo a tentoni fra scheggie di macigno e barbe di pino che si ricercavano fraternamente da un lato all'altro del sentiero boschereccio: – Stia attento!

E sciolse Fido che non ne poteva più e tirava di naso mugolando e lasciandosi penzolare dal guinzaglio teso finchè le zampe anteriori non isbattevano in aria.

Il cane si buttò di galoppo col muso in terra, entrò nel fitto, sparì.

Noi due, col sigaro in bocca, appoggiati ciascuno ad un albero, si aspettava in silenzio, mentre la luna, ormai alta, pioveva nella selva il suo ricamo fantastico d'ombre, di luci, di rabeschi che tramutavano la fisonomia delle cose e riducevano la pineta a una vera reggia delle fate, tutta tempestata da sprazzi di gemme e da folgorii d'oro e d'argento. Una nebbiolina tenue tenue, come polvere di brillanti, saliva dal basso dove il borro gorgogliava tra i massi, e la luce invadente insinuandosi, come fosse liquida, da per tutto, colando per i viottoli, sbattendo sui tronchi, scherzando sulle foglie, illuminando i recessi più cupi e lontani, inondava il paesaggio, dandogli trasparenze d'un verdognolo diafano sfumato d'azzurro che lasciava travedere sempre meno accentuate le sinuosità dei monti, mentre via via apparivano, prima velate, poi candide, poi bianche smaglianti accanto agli alberi scuri, le case degli uomini sparpagliate qua e là come pecore di un gregge che riposassero stanche a mezza costa dei poggi.

Ma proprio quando lo spettacolo fantasmagorico mi aveva più avvinto, nella quiete altissima dove i romori adagio adagio s'eran fusi così che non intendevo più neanche crollarsi le foglioline prossime e mormorare il borro lontano, uno scagno stridulo, quasi doloroso, parve lacerare crudelmente quel divino velario di silenzio e di mistero.

Al primo scagno ne seguì un altro più acuto, poi un terzo ancora, infine un guaìto misurato e continuo percorse il bosco, echeggiò di collina in collina, si perse a valle, svanì in un lamento fievole, fu coperto dal bollore del borro e dal sospirar del fogliame che, tutt'a un tratto, ero tornato ad udire.

E Buriglia colla zappa brandita correva avanti a me, ed io stentavo a seguirlo, fra il timore d'abbracciare un tronco di pino e quello di sentirmi capitombolare in avanti con un piede trattenuto da qualche barba sporgente.

Sul confine del bosco, nel piano, sopra una radura erbosa che pareva disseminata di brillanti, Buriglia mi fermò con un gesto energico.

Fra il romore, ora vicinissimo, del torrente che si rammaricava indignato di quella scorreria notturna, distinsi chiaro un abbaiare fisso, rabbioso e continuo.

– Fido, – urlò Buriglia, – abbaia a fermo! È lassù!

E via, di carriera, attaccandoci alle scope, sdrucciolando sui sassi, saltando fossi e macchioni. Accanto a un gruppo di pini, Fido urlava, facendo salti acrobatici come se l'avesse punto un calabrone.

Buriglia si guardò intorno, stupefatto.

– Ma se non c'è neanche un macigno, una buca, nulla!... Ah! figlia d'un cane! È lassù! E ora, chi l'agguanta?

La faìna era in cima al pino più alto. Comodamente appollaiata nell'inforcatura d'un ramo, ci guardava con due occhi fosforescenti simili a due lune verdi, immobile come uno di quei gatti di smalto cogli occhi di vetro che si vedono nelle vetrine.

– Forza, signorino! sassate!

Ma la faina guardava il cane, si rannicchiava dietro i rami protettori e non si moveva. Impossibile coglierla. Buriglia si strappava i capelli dalla stizza.

– Se si era preso il fucile!

– Bravo! Per rovinarle tutta la pelle!

– Eppure non si può durare tutta la notte così....

E dir queste parole e togliersi le scarpe, fu per Buriglia un punto solo; poi cominciò faticosamente ad arrampicarsi lungo il tronco del pino, mentre il cane seduto sulle anche, guaiva, gemeva, urlava, dimenando con furia la coda che, a forza di battere sui sassi e nei ginepri, stillava sangue come un *asperges*.

Io non levavo gli occhi di dosso alla faìna, di cui, rannicchiata com'era sul pino, vedevo muoversi soltanto le pupille verdi, una volta verso il cane, una volta verso l'uomo che saliva, stronfiando. Come questo fu vicino all'inforcatura, la bestia si slanciò, descrisse un arco di cerchio per aria coll'esile corpo nero affusolato e la spazzola lunga della coda, e parve che di dentro alla chioma del pino fosse stato mollemente scagliato un boa da signora; ma quel boa era animato; l'arco che descrisse fu immenso tanto che lo fece arrivare al di là d'un folto di scope dove parve rimbalzare e scomparire, senza romore, commovendone appena le cime.... e Fido, ripigliando la canizza disperato, si precipitò inferocito col naso a terra sul fetore acre della faìna fuggente.

Di macchia in macchia, da un fitto di lecci in un labirinto di querci, di tra un intercolonnio di pini in uno di cipressi, fra screzi di luce e d'ombra che ci turbinavano davanti agli occhi, dietro i latrati del cane, per viottoli scoscesi e scorcitoie pericolose, si arrivò finalmente dove il borro s'apre e si placa impaniandosi in un acquitrino melmoso dinanzi a una gran cascata di sassi rotolati giù per la scarpa consunta del poggio e detta la Rósa. Lì sopra subito, Fido ululava ai piedi d'un cipresso aguzzo e nero, impenetrabile come una nube.

– È entrata lì dentro! – gemè Buriglia; – chi sa i passerotti che ha fatto fuggire!

E giù sassate nella chioma e pedate al tronco dell'albero, mentre Fido urlava, guaiolava, ronchiava, fischiava dalle narici frementi, cacciando ogni tanto un: bau! di bile impotente e graffando cogli ugnelli anteriori la scorza del cipresso impassibile. Ma la faìna, dura!

Solita manovra di Buriglia, solito prodigioso salto dell'animale, solita corsa disperata per il bosco che risuonava tutto, in quelle gole basse, come se vi trascorresse per entro la leggendaria cavalcata boccaccesca.

E così a un altro pino, e così a un altro cipresso, finchè, stanchi morti, non ci si fermò in cima al monte a sorseggiare un po' di "cognac" dalla fiaschetta. La notte entrata ormai nella seconda metà del suo corso era rigidissima; ma noi si sudava come cavalli.

– Senta, – mi disse Buriglia, asciugandosi la fronte colla mano, – se non si leva il sole, son dolori!

– Sì. La faìna ci piglia in giro!

– Pazienza, per la faìna! Ma guardi, siamo sotto a casa sua!

– Sua, di chi?...

– Ma.... di loro.... della Rosa!

Alzai gli occhi e vidi, oltre il nero delle querci, un albeggiare d'olivi e il bianco scrìo d'una casa colonica di buona apparenza.

– E cosa facciamo?

– Le solite; io m'arrampicherò sull'albero, la faina salterà giù, e speriamo che, questa volta, imbuchi.

Detto, un fatto. Buriglia cominciò a salire, arrivò in cima alla pianta; la faìna descrisse il solito cerchio per aria, sparì, il cane si sprofondò dietro a lei urlando e noi.... daccapo a correre! ma per poco.

– Fido abbaia a fermo!

– Un altro cipresso!?

– Ma che! guardi là, guardi là! È entrata, finalmente!

Fra un cumulo di macigni rovi e sterpeti Fido a capo basso e a coda ritta abbaiava scavando la terra e buttandosela sotto il ventre. La faìna era lì. E cominciò, come negl'incendii, il lavoro.... di "smassamento"!

Ad ogni sasso che ruzzolava, la faìna cambiava di posto. Non era nel suo covo, se no si poteva dirle addio! La bestia, in assenza di gallerie, andava in qua e in là sotto i massi e le sterpaglie, seguìta dal cane che il fiuto infallibile guidava sempre, e, accostando l'orecchie alle feritoie naturali della grossa macìa, si udiva, nell'ombra, la bestia soffiare.

Finalmente, sotto la zappa, un enorme sasso si crollò, piegò, rotolò e mentre Buriglia, rapido, ficcava il braccio nudo nel buco, il cane fece un salto per aria sbattendo le mascelle a vuoto, ricadde sulle quattro zampe e volò dietro la faìna scivolata via non si sa di dove, nè come!

Ma Buriglia, contemporaneamente, si alzava urlando, livido in volto, e scuoteva disperato il braccio a cui rimaneva appiccicata, torcendo la coda, una vipera lunga due palmi.

Rapido come il baleno picchiai col bastone traverso alle reni della bestiaccia che mi cascò ai piedi moribonda.

Il momento però appariva terribile, ogni minuto di più. Buriglia, cianotico, cogli occhi fuori di testa, si rotolava sul terreno raccomandandosi come un'anima in pena. Non c'era un secondo da perdere, perchè il veleno avrebbe senza dubbio cominciato ad agire.

Volsi l'occhio intorno.... nemmeno un'anima! Il cielo impallidiva, scomparivan le stelle, ma il sole non accennava a levarsi. Non un rumore rompeva l'alta pace solenne che precede la salutazione del giorno, non abbaiare di cani, non muggire di bovi, belar di pecore, sbatter di porte, nulla.... solo un gallo, fioco e stonato, abbozzò da lontanissimo, un chicchirichì senza risposta.

E Buriglia moriva!

Mi frugai indosso febbrilmente.... la fiasca del cognac vuota, il coltello; niente altro!

Allora mi misi a urlare al soccorso, senza la speranza di farmi udire. Buriglia, intanto, mi diceva con voce corsa dai brividi: Signorino, guardi qui, nel mio carniere.... troverà dello spago, mi stringa il braccio, sopra alla morsicatura, lo stringa sodo, lo stringa senza pietà....

Capii che bisognava agire e mi posi a far la legatura più stretta che mi fu possibile, finchè l'avambraccio penzolò, livido, come una cosa morta. Allora estrassi il coltello, ne bruciai la punta sopra un fiammifero, poi lo cacciai coraggiosamente nella ferita. Ma il sangue, nero, coagulato, sgorgava, con pena....

— Ora, – mi disse Buriglia con voce spenta dalla paura, bisognerebbe succhiare, con forza.... da me non ci arrivo.... è qui, sotto il gomito....

Disperato, gli feci vedere il mio labbro scalfitto dal rasoio.... Tanto equivaleva suicidarsi!

– O non mi lasci morire così... in fin de' conti.... è colpa sua.... signorino, per l'anima dei suoi morti.... aiuto! mi ammazzi! vada a pigliare il fucile....

E giù, rotoloni per le terre, mentre io buttavo via il cappello, mi davo dei pugni nel capo, non sapevo più quel che dicessi....

Intanto, lontano lontano, di collina in collina, Fido, tenace, inseguiva sempre latrando la causa di tanto disastro, mentre dai poggi cerulei torrenti di luce d'oro scendevano suscitando vapori fumanti a inondare la valle, dove le foglie autunnali parevano gettate di fresco nel bronzo.

Fu in questo frangente, quando mi pareva che tutto crollasse e dileguasse intorno a me, che una specie d'allucinazione mi percosse gli occhi stupiti. Una magnifica ragazza bianca e bionda sbucò tra gli olivi, di sul confine del bosco, s'inginocchiò rapida accanto a Buriglia gemente e, presogli il braccio fra le mani, applicò le labbra sulla pericolosa ferita.

Come si fa a raccontar certe cose? L'arrivo dei vecchi richiamati da tutto quel brusìo, l'esclamazioni, le grida, la paura e finalmente la solita e provvidenziale commozione che fece, seduta stante, non appena rimesso in piedi alla meglio, del povero Buriglia il più felice degli uomini?

Ma si può ben raccontare però che, mentre tutti seduti attorno alla gran tavola di cucina, il riso si alternava al pianto e i bicchieri di vino a' tenui rimproveri, come l'ombra al sole se scende a sbalzi tra gli scalini delle nuvole; sulla porta rimasta aperta, si vide comparire e fermarsi scodinzolando, fiero della sua vittoria, Fido magro, rifinito, ansante, stringendo fra le mascelle, finalmente inerte, la maledetta faina!

IL BANCHETTO DI PASQUA.

Ai domatori del mare.

Che sangue sarà stato il suo? E chi lo sa! Incrociato era, ma di certo con quel che di più barbaro avessero prodotto le non lontane coste dell'Africa nelle epoche in cui ogni tanto le fuste leggiere o gli sciabecchi bizzarri correvano il mare.

Quelli eran bei tempi! avrebbe detto padron Zè se lo avesse saputo, ma lui non sapeva nulla; neppure cosa volesse dire il suo proprio nome.

Zè!! Arabo! Algerino?Tunisino? Spagnolo? Greco?... vattelapesca!

In ogni modo Zè parlava in sardo, quando parlava, perchè gli pareva, fra i cento che conosceva, il dialetto più difficile ad esser capito. Quanto a fare, come faceva, il fanalista su quello scoglio deserto, la colpa non era nè sua, nè del governo; era di suo padre, il quale morì soltanto dopo che Zè aveva preso moglie e generato due figliuoli, uno dei quali, a vent'anni, arruolato dalla R. Marina, veniva, congedandosi, ad acquisire il diritto di succedere al nonno nella carica di fanalista.

Ecco perchè Zè faceva girare la gran macchina luccicante dalle magnifiche lenti, la puliva e l'ungeva, e passava le notti arrampicato nella torretta.

Altrimenti lui, giacchè, non essendo mai stato soldato, non ne aveva il diritto, non si sarebbe trovato a quel posto; posto nel quale stava, ora, per combinazione e mal volentieri, in vece del suo figliuolo, richiamato, che correva i mari lontani sopra un piroscafo requisito, portando carichi dei quali nemmeno ai suoi poteva dir la natura.

Ecco perchè padron Zè, biascicando fra i denti gialli nella gran barba arruffata, s'arrampicava per la scaletta a chiocciola fino al meraviglioso ingranaggio d'ottone, di vetro e d'acciaio e, con un cencio unto d'olio e di petrolio, strofinava e puliva, voltandosi ogni tanto a dare certe occhiate al mare che urlava di sotto, come se laggiù ci avesse avuto la bella.

Zè non era un uomo, era una bestia; lui non sapeva nulla; altro che, quando navigava, sentiva addosso un non so cosa, una smania di star sempre a bordo e, se gli accadeva di scendere a terra, pigliava subito una sbornia dal grande struggimento e dalla gran pena e non si sentiva tranquillo finchè non si trovava al largo.

I figliuoli, i quali aiutarono fin da ragazzetti il nonno a conservare quel posto al fanale che dava a tutti, come diceva il vegliardo, il "pane fisso" ebbero virtù di ricondurre il padre alla terra, e specialmente la Grazia, la figliuola, che era d'una bellezza orientale da far girare il capo; ma lui ci s'adattò perchè in fin dei conti, quella non era proprio terra e il governo (con quale disprezzo Zè pronunziava questa parola nella quale vedeva una specie d'uomo con un vestito luccicante che ordinava tutte cose pazzesche!) durava fatica a trovare anche un affamato che s'adattasse a tornare lì, su quello scoglio a punta, in mezzo ai flutti schiumanti, senza veder più nessuno, senza sapere più nulla di nulla.

Invece Zè era tutto nel suo centro, s'infischiava d'ogni cosa, lui, e se non era il figliuolo che aveva girato il mondo ed era sceso a terra in tutti i porti, quando gli morì il vecchio, lui lo avrebbe messo in un sacco, con un sasso legato ai piedi e l'avrebbe buttato in mare; e se una barca, alla quale dèttero il cenno di soccorso, tardava a comparire, lo faceva davvero!

E chi fu, se non il figliuolo, che l'obbligò, fino a un certo punto, a finirla colla vita del mare? Del resto al fanale non ci sarebbe stato neppure un giorno.

Vita del mare? Ma quella che aveva fatto Zè era la vita dello schiumatore, del corsaro, del contrabbandiere!

E se ho detto che fu il figliuolo che lo fece smettere, mi son spiegato male, perchè veramente Zè la fece finita unicamente per il fatto che la "Candida" ribattezzata "Grazia" dopo la morte della moglie, gli si sfasciò in una terribile traversata nel golfo Leone; e lui soleva dire che la scampò così (e si toccava la fronte col pollice teso) dopo una notte intera fra mezzo ai flutti come le montagne, a cavalluccio a un barile.

– Babbo, il governo ci paga, si mangia, si beve, ogni quindici giorni solamente si vede la faccia d'un cristiano e il mare l'avete sotto: o che volete di più? – Diceva Carmelo, il figliuolo, al suo lupo genitore.

E il lupo genitore pigliava il gozzo se il mare era calmo, e cosa credete facesse? Andava a pescare colla dinamite!

La teneva in una grotta dove non entrava che lui, gliela l'aveva portata un greco col quale ne aveva fatta d'ogni erba un fascio, e come ci teneva, anche!

Quando veniva la barca a recare i viveri al fanale, padron Zè scendeva a piè della scaletta tagliata nel granito; ma se per il mare forte ci veniva la torpediniera, padron Zè scompariva nella grotta. Puzzava troppo di mondo, quella lì.

Ai pescatori della barca, invece, raccontava le sue birbonate compiacendosene tanto; lo sapeva lui che poi facevano il giro di tutti gli equipaggi e che se le raccontavano intorno al caldàro del pesce, durante le grandi calme.

Una volta, sul principio, quando non aveva barca di suo, gli affidarono un carico d'olio. Zè dètte l'olio a un compare, empì le botti d'acqua e naufragò apposta, in un certo punto che sapeva lui.... falsi naufragi ne aveva fatti parecchi, se no come poteva arrivare a comprarsi un veliero?

O quando a bordo avevan sete? Lui metteva un fiasco d'acqua voltato rapidamente in giù nel cocchiume d'una botte di vino e aspettava. Di lì a poco l'acqua cedeva il posto al vino, più leggero di lei, in mezzo agli applausi dell'equipaggio.... e peggio per chi rimaneva ingannato!

Quando vedeva passare i brigantini, i tre alberi con una data velatura a lui ben conosciuta, le barche tipo pesca delle spugne, padron Zè le rilevava con la precisione di un semaforo: Quella è del Crisopolos, fa contrabbando d'armi per i Turchi.... lì ci sono Spagnoli e Greci e nelle botti di tonnina, sigari. E si fregava le mani ripensando ai "bei tempi".

Ora i bei tempi eran passati. "Quegl'imbecilli degli uomini" come diceva con supremo disdegno padron Zè, stavano facendo la guerra e gli avevan portato via il figliuolo. Per fortuna non l'avevan mandato a farsi ammazzare perchè, se no, se no.... E Zè stringeva i pugni formidabili e arrotava i denti come se chi aveva ordinato la guerra fosse stato un uomo solo e lui lo avesse potuto strozzare.

Intanto gli toccava a stare intorno alla lanterna invece di spenzolarsi dagli scogli a far lampade, a tender filaccioni, invece di allontanarsi col gozzetto a salpar nasse o tramagli; che brutta vita! Non si consolava che di una cosa: che la Grazia veniva su tal quale a lui; già i figliuoli matreggiano e le figliole ritirano dal babbo, come gli diceva sempre il vecchio; e se il ragazzo veniva fuori ogni tanto con dei discorsi imparati nei porti sulla patria, il dovere, la coscienza, la figliuola non parlava quasi mai e quando vedeva spuntare la barca o la torpediniera si calava nella grotta a raccomodare le nasse.

Patria, dovere, coscienza.... l'Italia? Ma che era italiano padron Zè? Lui era figliolo del mare e, o lì o in Africa, si credeva ugualmente a casa sua.

– Ma, e per pigliar marito, come farai? – Chiedeva alla figliola in quei momenti nei quali si trovavano insieme rinchiusi nella grotta tra l'assi, le reti, le nasse, i ramponi, le fiòcine, le canne, i remi.

La Grazia si voltava sull'anca opulenta alzando a mezz'aria il braccio color bronzo, nudo fino al gomito, e, colla mano armata della spoletta con cui ritesseva i buchi fatti nei tramagli dai delfini, tracciava un gesto impercettibile nell'oscurità e rispondeva sgranando gli occhi enormi lucenti come carbonchi e i denti bianchi simili a mandorle sbucciate:

– Lo troverò anche qui! e se mi vuole verrà a pigliarmi qui in casa nostra....

– Non di sopra, chè è del governo! – postillava Zè, covandosi la figliola collo sguardo, tenero a modo suo, da pescecane in amore; poi si rimetteva a fumare nella pipa corta, dicendo tra sè: – Morde come un gattopardo, è proprio me tale e quale!

Una notte a Zè parve di vedere nella foschia un veliero che si sballottava fra l'onde e il sangue gli dette un tuffo. Lui, quella forma di barca, la conosceva. E scese dalla torretta del fanale, come un colpo di vento, e, giù per la scaletta di granito, arrivò dove il mare agli sbuffi del libeccio gli spruzzava di pulviscolo diaccio il petto ignudo sudato sotto la camicia rossa di cotonina, aperta.

Ma ebbe un bel farsi arco delle palme alla sopracciglia folte e agitate, non vide nulla, altro che i riflessi viscidi dell'ondate che morivano sulla scogliera.

Allora buttò via le scarpe e scese giù presso alla grotta sopra una calanca naturale aperta tra due secche nascoste a fior d'acqua, che Dio ne liberi a non lo sapere. E sussultò, perchè proprio davanti a lui era un gozzo a due remi.... o come aveva fatto ad arrivare fin lì?

La paura Zè l'aveva sentita ricordare, ma personalmente non la conosceva; per cui girò il sasso che ostruiva la grotta sopra una specie di piattaforma naturale, agguantò una fune, accese una lanterna e tornò fuori. Da un pezzo, da qualche mese, avevano avuto l'ordine di tenere spento il fanale e di vigilare soltanto i galleggianti al largo dell'isolotto, sicchè il mare era nero come la pece e quel che aveva potuto indovinare, Zè l'aveva indovinato allo spolverìo delle stelle; ora, colla lanterna accesa, si trovò più al buio di prima, ma, nonostante, si fece due passi indietro e lanciò in mare la cima. S'accorse subito che era stata presa, che qualcuno la tirava, forse l'ormeggiava, poi sentì un passo scalzo, da belva, sulla scogliera e vide biancheggiare una forma umana.

– Padron Zè!

– Crisopolos!

– V'ho riconosciuto all'odore....

– E io t'ho indovinato dal vento; non t'hanno ancora ammazzato? La devi aver fatta grossa, stasera!

– Padron Zè, due parole da amici.

– Eccomi qui.

– Ma su al faro non ci salgo.

– E chi ti ci porta, figlio mio? Io, gli amici, li ricevo in casa....

E alzata la lanterna introdusse nella grotta il contrabbandiere greco.

– Volete bere? Corro a chiamare la Grazia e torno.

– Aspettate, il vostro figliolo non c'è, vero?

– E come lo sapete?

– Lo so. Siete sempre lo stesso, o posso discorrere?

– Non capisco la domanda....

– Volevo sapere.... se il governo che vi paga vi ha addomesticato?

– Il governo? Il governo paga quell'imbecille del mio figliolo, non me.

– Bene. Ci ho un'impresa da proporvi, un affare coi fiocchi.

– Ma io non mi posso muovere di qui, e se è un'impresa rischiosa, la Grazia mi riman sola.

– Non importa muoversi di qui, l'impresa non è rischiosa; quanto alla Grazia, voi potete fare la sua fortuna in due maniere.

– Vale a dire?

– Vale a dire che, fatto l'affare, la Grazia la sposo io, e voi venite a stare con me!

– Come correte, compare!

– Eh! se aveste di molti di questi, correreste anche voi! – e Crisopolos fece luccicare davanti agli occhi di Zè una borsa di monete d'oro.

Il lupo credeva di sognare. Azzardò:

– Ma come avete fatto a innamorarvi della Grazia?

– Quando voi foste ammalato, io son venuto qui....

– Qui, dove?

– Nella grotta.... in questa grotta!

– Con lei?

– Con lei! E, fatto l'affare, si ripiglia il commercio. Un altro come voi e una donna come lei, dove li posso trovare?

– Eh! non dico.... quella è un secondo me stesso.

– Andatela a chiamare, ora, e ditele pure che ci porti da bere.

Di lì a pochi minuti il vino giallo gorgogliava dall'anfora e Crisopolos stringeva la vita della bella selvaggia.

– Dunque sentite, è roba da poco. Io, ora, in due o tre viaggi col gozzo, sbarcherò un po' di barili....

– Di vino?

– Macchè! di petrolio e di nafta. E voialtri li chiuderete qui dentro. Poi, voi, Zè, seguirete a far la ronda nella torretta, mentre la Grazia vigilerà dalla grotta. Una sera vedrete arrivare un galleggiante strano, che affiorerà di sotto l'acqua a un tratto, colla punta fra le due secche e aspetterà là. I barili son bell'e legati e accomodati in modo da galleggiare. La Grazia ne rotolerà piano uno giù per il pendio e lo lascerà cascare in mare, poi salterà nel gozzo e spingerà il barile davanti a sè, verso il.... come dire?

– Ho capito! verso il sottomarino.

– Bravo. Al resto ci pensa lui.

– Ma codesta è roba per fare la guerra!

– E chi se n'occupa? Il sottomarino parte e va a fare la guerra dove gli pare....

– E il barile?

– Il barile rimasto vuoto e stoppato cola a fondo; sarà bene che la Grazia lo spinga di là dalle secche dove ci sono trenta metri d'acqua.

– È tutto qui?

– Non c'è altro. Io poi, tornerò a portarvi degli altri barili, e a fare una cena con voialtri....

– Si farà qui, nella grotta!

– Questa è la caparra per voi – Crisopolos prese la borsa piena d'oro e la mise nelle mani di Zè – e questa è la caparra per Grazia – e presa la fanciulla per la vita le stampò un bacio nel collo, sotto la criniera ricciuta – e ora, arrivederci.

In poche ore, dall'ombra, in silenzio perfetto, quattro barili furono issati e chiusi nella spelonca. La barchetta di Crisopolos dileguò come ingoiata dalla nebbia, Grazia risalì verso il faro dondolando i fianchi lunati e scuotendo i capelli umidi di salsedine marina con perfetta incoscienza di fiera pasciuta, Zè si fregò le mani e riaccese la pipa, riflettendo tra sè che aveva, ancora una volta, buscherato il governo.

Poche notti dopo la Grazia spinse due barili a portata di un sottomarino che li succhiò coscienziosamente e si sommerse, simile al pesce Mola quando sparisce il sole.

– Pareva un capodoglio – disse la ragazza risalendo al fanale.

Il vecchio discendendo, rispose:

– Io non ho visto nulla, perchè io fo il fanalista!

E rideva d'un riso malvagio, stropicciandosi le mani e guardando lontano, sul mare agitato e impenetrabile.

La barca di Crisopolos non era più apparsa; del resto non era facile approdare allo scoglio con quelle sciroccate di primavera che lo scotevano tutto, giù dalla base sino al fanale che tintinnava come una gran campana d'argento.

Ma la mattina di Pasqua padron Zè disse alla Grazia di preparare un desinare coi fiocchi, caldaro d'aragoste con pane all'aglio, palamita arrosto, vino e cognac. Perchè la notte Crisopolos con due barili pieni era disceso alla grotta, licenziando il veliero che bordeggiasse al largo, come aspettando il vento, essendosi fatta una calma addirittura da estate.

Padron Zè pregustava il piacere di pigliare una sbornia come quando scendeva in terra "a' bei tempi"; ne sentiva proprio il bisogno.

Verso mezzogiorno la Grazia cominciò a urlare chiamando Zè, che venisse a vedere su al faro.

Zè uscì dalla grotta, e anche Crisopolos, e salirono su, dove la Grazia gesticolava da parere un'ossessa.

Al largo, maestoso, passava un piroscafo a vapore, enorme, con due ciminiere, e a poppa, visibilissimo, un grosso cannone. La ragazza che guardava col cannocchiale, giurava che dalla murata di poppa un marinaio faceva cenno col fazzoletto.

– È Carmelo! Fa' un po' vedere.... –

– Mi sì, vi dico, è lui!

– Date un po' qua anche a me....

– Aspettate, Crisopolos.... Ma chi volete che sia, a far dei cenni a noialtri? Ah! se il vapore alzasse il nominativo! Ma non ci son semafori qui....

– Date qui, Zè.... ecco il mio punto.... è un marinaio, e saluta proprio questo faro.... è vostro figlio di certo....

Il greco s'interruppe e per poco il binocolo non gli cascò dalle mani.

A cinquecento metri dal piroscafo era comparso un oggetto luccicante, una specie di breve torretta blindata – non c'era dubbio – il periscopio d'un sottomarino.

Zè si fregava gli occhi, quando nel gran silenzio azzurro del mare rintronò un colpo di cannone; poi un altro ancora e poi un terzo.

Grazia, cogli occhi sbarrati non seppe dire altra che:

– Ma si battono!

Poi si vide il sottomarino affondare e ricomparire, e il grosso piroscafo gittare vortici di fumo dalle ciminiere tentando la fuga, poi il mostro d'acciaio scomparve ancora e quando riaffiorò, il colosso si piegava sulla sinistra, colpito a morte.

Si vide calare un'imbarcazione dal fianco alto sull'onde: un cavo, tagliato fuor di tempo, la rovesciò. Un'altra, subito piena, toccò le onde e il sottomarino le lasciò andare una cannonata.

Non si sentivano le grida dei naufraghi, ma a Zè, alla Grazia, a Crisopolos parevano d'udirle, lì vicine, laceranti, distintissime.

La tragedia s'era svolta con una rapidità che non aveva dato tempo a Zè di riflettere. A un tratto si slanciò, come se avesse avuto vent'anni, addosso al greco, impugnando il coltello. Crisopolos rispose con un colpo di pistola, ma rapida a mo' di folgore, la Grazia l'afferrò per le spalle e per il polso facendogli cascare in terra l'arma, mentre Zè lo colpiva nel petto. Si sciolse, nonostante, dalla stretta e si buttò giù per la scala, arrivò nella stanza dove era apparecchiato il banchetto di Pasqua, e, raggiunto da un altro colpo, girò su sè stesso simile a un manzo annoccato, e piombò pesantemente sulla tavola, insanguinando la tovaglia, fracassando piatti, stoviglie, bicchieri, poi scivolò fra due seggiole trascinando il panno a cui s'era abbrancato nella caduta, battendo i piedi convulsi, e si irrigidì.

Grazia e Zè si guardarono esterrefatti; non si dissero una parola. Corsero giù per gli scogli, fino alla grotta, girarono il sasso, si rifugiarono dentro, s'accasciarono; essa in un angolo, l'uomo in un altro, vi rimasero, col capo fra le ginocchia, battendo i denti, tremando tutti, senza sospirare, senza piangere, senza imprecare, finchè scese la notte.

Allora, fatti più sicuri dal buio, strisciarono, simili a due serpi, fuori dal buco nella scogliera camminando carponi sulle mani e sui piedi scalzi.

Fiutarono la calma del cielo immemore di vento sotto le prime stelle fredde nel sereno sconfinato, poi si calarono, adagio, fra punta e punta.

Il risucchio, ogni tanto, baciava le basi muscose dell'isolotto, e ad ogni respiro, qualcosa, insinuatasi fra le due secche emerse dalla marea bassa, picchiava dolcemente agli scogli.

Zè scese ancora più giù, sempre carponi, scivolando col petto sul granito aspro, seguito dalla Grazia che durava fatica colla sottana a scendere in basso a quel modo.

Un cadavere supino, un cadavere di marinaio, coi piedi scalzi e la maglia blù, si dondolava come dormisse sull'acqua e, ogni tanto, colle piante ignude toccava la sponda.

L'acque dense di fosforescenze e scintillanti per il riflesso degli astri che ora formicolavano in tutto il cielo, pareva gli componessero una gran culla d'oro che il risucchio spingeva e respingeva dalla riva.

Zè, a capo fitto, le braccia abbandonate, ciondoloni dall'ultima scogliera, disse sottovoce al cadavere:

– Vàttene!... Tu venivi per il banchetto di Pasqua.... ma non c'è più nulla.... ha finito tutto Crisopolos.... ed è morto!

Le stelle del cielo splendevano in fondo al mare; tutta la gran distesa placida, chiusa ermeticamente sopra l'enorme preda, ne luccicava all'infinito, e il cadavere s'ostinava a picchiare, ma così fievolmente! per ogni respiro dei flutti, allo scoglio.

Ed ogni volta, Zè e la Grazia, disperatamente curvi in quell'ombra umida e opaca, sotto il firmamento tremolante di luci, gli gridavano colla voce strozzata:

– Vàttene!... vattene!... vàttene!...

I GABBIANI.

Agli eremiti di Giannutri.[1]

– Non gli tiri, non gli tiri.... oh! peccato! vai, è bell'e andato! o cosa se ne vuol fare, me lo dice un po' lei?

Il gabbiano remeggiava sull'acqua agitata da una maretta incipiente, con un'ala spezzata, spruzzando di sangue le schiume. Per un po' lo vedemmo apparire e sparire sul dorso del flutto, poi galleggiò stanco, col petto candido a fior dell'onda e l'ali aperte in forma di croce e parve non muoversi più.

Allora saltai in un barchino che ballonzolava ormeggiato a uno scoglio, lo sciolsi, afferrai i remi e m'accostai all'animale ferito.

Da vicino, mi parve enorme, bigio e roseo, color del latte appena munto, col becco scarlatto, le gambe gialle, e provai subito il ribrezzo che si prova di fronte all'animale selvaggio ancor vivo.

Accostai, lo presi per la punta dell'ala sana e lo buttai sul fondo del barchino un po' screanzatamente, per paura della beccata furibonda della bestia che sente male.

Mi rimase di faccia, mentre remigava lento, in piedi, alla veneziana; lo vedevo rannicchiato sotto un sedile della chiattarella, trascinando il moncone inutile e insanguinato come una gruccia, e mi guardava.

Mi guardava con degli occhi straordinarii, neri come le more mature, profondi come l'infinito, a volte, secondo il riflesso dell'aria, glauchi e vitrei, quasi spettrali; mi guardava senza collera, ma non pareva chiedesse pietà; mi faceva l'effetto che mi compassionasse, che guardasse con istupore, me, animale incivilito, che stroncavo per passatempo le ali agli uccelli del buon Dio.

M'era passata la voglia d'averlo impagliato sulla mia scrivania; cominciavo a capire l'inutilità del mio gesto, la sua brutalità, l'irragionevolezza di quell'istinto di distruzione che è in tutti noi, ma che l'intelligenza ed il cuore devono esser capaci a frenare.

Sicchè, non appena balzai sulla spiaggia, la domanda spontanea che mi fiorì sulle labbra fece sorridere melanconicamente il mio strano compagno di caccia,

– Se vivrà, – mi domanda, – se vivrà? Vivrà sicuro.... Bella vita! Con un'ala stroncata, impossibilitato a trovarsi da mangiare, saltellante come uno zoppo sulle sue zampine, vivrà una vita peggiore della morte che bisogna dargli, e subito anche! Come vuole che si adatti, ora? È troppo vecchio.... fosse stato un gabbianello, forse.... in ogni modo lei avrà la sua bestia impagliata e si ricorderà di questo giorno.... se non le succederà nulla!

– Cosa diamine volete che mi succeda?

– Non ne so niente io.... ma alle volte, chi sa?! Basta, guardi, lei non sarebbe buono neanche a finirlo.... Hanno la vita dura i gabbiani, sa?... ma io sì, perchè ho più cuore di lei.

---

1   Lo scoglio di Giannutri, solo e nudo in mezzo al Tirreno turchino, è abitato da una straordinaria coppia insediatasi colà da molti anni, e della quale un giorno spero di potere scrivere la storia, cioè uno dei più curiosi *romanzi vissuti*.

Ero intontito.

Quel pescatore e quel marinaio, quella specie di anfibio a due gambe di cui m'interessavo così prodigiosamente, si permetteva di darmi una lezione e mi toccava a lasciarlo fare.

– Si volti in là, se non vuol vedere, perchè le potrebbe fare un certo effetto, "ora". A me no, perchè so di far bene a far come faccio, eppoi, vede, non lo farò soffrire che un secondo.

Si levò la giacchetta, si sciolse la ciarpa di lana che teneva ravvolta due volte intorno al collo, ne cavò un enorme spillo di sicurezza con cui l'aveva appuntata al panciotto, l'aprì, poi agguantò il gabbiano per il suo lungo collo muscoloso, colla sinistra, mentre colla destra, d'un colpo deciso e rapido, conficcò lo spillo nel cervello della bestia.

Questa starnazzò le ali tre o quattro volte, gagliardamente, spruzzandoci d'acqua e di sangue, poi s'irrigidì.

Gli occhi, però, rimasero aperti; due occhi neri come le more mature, profondi come l'infinito, buoni, indicibilmente buoni, significanti compassione e sorpresa per quella morte barbara, sciocca, immeritata, davanti al grande liquido regno che turgeva soffiando con promessa di pesca abbondante.

E il vorticoso re degli spazii nuvolosi, l'agile e fulmineo scorridore di cavalloni spumanti, giaceva sull'alghe, raggrinchito, colle penne arruffate, colle zampe gialle irrigidite, e l'occhio telescopico, uso a distinguere il pesce a un kilometro di distanza, sbarrato per lo stupore doloroso d'aver veduto troppo da vicino cosa sia un uomo.

– E ora lei lo può fare impagliare.... se non le succederà nulla! andiamo pure.

E con un de' suoi gesti che non ammettevano replica, il barbuto padulano raccolse l'animale e s'avviò, fischiettando.

Era troppo!

Raggiunsi con uno scatto quasi di collera la mia curiosa guida, le posi una mano sulla spalla, obbligandola a voltarsi; dissi, con voce concitata.

– Ma insomma! cosa c'è, sotto a questo vostro ritornello enimmatico? Spiegatevi una volta, e buona notte!

Giacomo mi guardò colle sue pupille chiare, poi, pacatamente, incominciò.

– "Ero più giovane, allora, e quando mio fratello aveva bisogno di un aiuto a bordo, andavo io con lui, e facevo i viaggi da qui a Livorno, Portoferraio, fino a Genova, costa costa, a Civitavecchia, in Sardegna.... sono stato anche in Tunisia. Una volta il capitano di porto dell'isola dell'Elba mi piglia a quattr'occhi e mi dice: vi regalo un barile di vino scelto della mia vigna, se mi portate quattro gabbiani vivi!

– "Quattro gabbiani vivi?!

– "Sì, che cosa c'è da meravigliarsi? Non pretendo che li peschiate all'amo.... o che mi portiate, feriti e stronchi, dei gabbianacci vecchi che si lascian morir di fame appena messi in chiusa; voglio quattro gabbiani di nido, da tirar su a pesciolini e molliche di pane e farne il divertimento di casa.

– "Per codesto, – rispondo, – si può fare. Il capitano d'Albertis (lei lo ha sentito rammentare; è quello che fece lo stesso viaggio di Cristoforo Colombo con un piccolo yacht) ha una gabbiana che viene a beccargli un pesciolino di mano, e ho capito anche dove posso procurarmi due o tre campioni coi fiocchi. Lasci fare a me; va bene per un barile di vino.

"E con una stretta di mano ci si lasciò.

"– Appena si va a Civitavecchia, – dissi al mio fratello, – avvisami, perchè al ritorno bisogna che mi fermi a Giannutri.

"– Eccolo lì! – rispose il mio povero fratello, – (perdette la vita nel naufragio della "Colomba" sugli scogli dell'isola di Ponza, una notte che il cielo era diventato come la pece e la gran nebbia imbrogliò perfino la posizione del faro), – eccolo lì! chi lo vuole, pensa alla caccia!

"– Che caccia?

"– O non ti vuoi fermare a Giannutri per tirare ai coniglioli? E sì che quella specie d'eremita il quale dorme nelle grotte romane non vuole che si spari neanche una fucilata, e dice che l'isola è d'uno che ci ha messo lui per guardiano e non conosce ragioni. E poi ci vorrebbe il furetto....

"– Ma che furetto d'Egitto! Io ti dico che se, quando si ritorna da Civitavecchia, appoggiamo a Giannutri, io senza tanta fatica ti faccio bere un vino scelto, di quello proprio da abbracciarci piangendo.

"Il mio povero fratello, buon uomo e uomo diritto, un capitano di barca tale che al Giglio e a Santo Stefano invidiavano Follonica cui era toccata la ventura di partorirlo, aveva però un debole: gli piaceva il vino in maniera tale che per un bicchiere d'ansonico di quello color di rosa, quando andava all'isola del Giglio aveva il fegato di arrampicarsi fino al Castello e spesso spesso la "Colomba" rimaneva a dondolarsi nel porto perchè lui, la sera medesima, non ce la faceva a riscendere! Basta, come le sto dicendo, appena rammentato il vino dell'Elba il mio povero fratello fece gli occhi lustri e le gote rosse e mi promise tutto quel che gli chiedevo.

"– Però, aggiunsi a mo' di conclusione, la faccenda è da farsi subito (s'era di marzo) o se no bisogna rimandarla alle calende greche.

"Fu così che, fra l'andare a pigliar mattoni a Livorno e portar tonnina a Civitavecchia, mio fratello scelse questo secondo viaggio che andò liscio come un olio, per quanto lento come la pioggia d'autunno. Al ritorno, invece, un certo scirocchetto che c'empiva la vela maestra ci portò con tanto garbo nel mezzo all'Argentario che la mattina prima dell'alba si videro i monticelli dell'isola di Giannutri, lì a due passi da noi.

"Appoggiammo alla cala maestra e costì, lasciato mio fratello e tre uomini, presi i due ragazzini dell'equipaggio e m'arrampicai, con un rotolo di funi, per le scogliere.

"Gira di su, gira di giù, scorticandoci i piedi sul granito e scivolando su quelle forme curiose scavate in grotte, in blocchi, in fori, in "tunnels", in statue, in mostri, dagli assalti del mare, non mi riusciva, spenzolandomi da quei pimpinnacoli, di vedere quel che cercavo.

"Ogni tanto qualche piccione marino scappava, con uno strillo e un gran batter l'ali, di dentro ai meandri del macigno, o un gallinozzo ci ciurlava di lontano balzando a volo sull'acqua che cominciava a spruzzarci, ma di gabbiani neanche l'idea.

"Finalmente dal fondo della scogliera dove m'ero lasciato scivolare, dopo avere attaccato la cima a una sporgenza del granito, decisi di arrivare fino a un isolotto staccato dal blocco dell'isola grande, un isolotto formato da uno scoglio solo, ma puntellato, alla base, da una rovina di sassacci coperti d'alghe e di lampadelle e con un pianetto alla sommità, verdeggiante di erboline salmastre e d'eriche bigerognole.

"E proprio dalla parte opposta, in due altri macigni gemelli che dovevano essere stati uno solo, diviso in quel modo da qualche cataclisma, trovai in due nidi diversi sei uova di gabbiano, grosse il doppio d'un uovo comune e tutte marmorizzate, come spruzzate con un pennello, e quattro gabbiani appena nati.

"Detti la voce; i ragazzi mi raggiunsero, come scimmie, e io, per far più presto, formai la catena e, ciondolandomi dalla sporgenza a cui m'attaccavo colle coscie come a un cavallo, calai giù il ragazzo più forte che, a sua volta, calò quell'altro, il quale raccolse l'uova coi nidi, i gabbiani e ogni cosa, me li mandò su, nel berretto, e poi si fece da capo issare di sopra.

"Colla corda che aveva lasciato attaccata a quell'altra scogliera il ritorno diveniva sbrigativo e difatti, in men ch'io non lo dica, saltando di punta in punta, scalzi a quel modo, come tanti diavoli, si faceva ritorno alla barca di cui a un tratto ci apparve, giù in fondo, l'albero colla bandierina triangolare che vibrava ai soffi dello scirocco.

"Contemporaneamente, un grido rauco, ma che grido! un urlo straziante, come di qualcheduno colpito a morte, parve squarciare il silenzio affannoso della mattina cinerognola e su, in alto, proprio sulle nostre teste, colle zampe distese come quando si buttano, apparve un gabbiano enorme. La femmina! Poi un altro urlo rispose al primo e comparì anche il maschio, e poi quell'altra femmina, e poi quell'altro maschio; in breve si ebbero sul capo quattro gabbiani che ci roteavano intorno calandosi, a vite, così fulminei che coll'ali ci sfioravano le tese dei berretti e urlavano a tempesta in un modo così terribile, come a me non pareva d'averli sentiti mai.

"Quasi subito scorsi il mio fratello che, ritto sopra una punta della calanca più vicina al luogo dove s'era ormeggiato, colle mani alla bocca, ci chiamava disperatamente.

"Noi ci si ingegnava del nostro meglio, ma tra il cammino malagevole e la paura di schiacciar l'ova, non si fece così presto che, quando s'arrivò, il mare non avesse completamente mutato aspetto. Lo scirocco era diventato fortissimo. Capii allora la fretta di mio fratello; a lui premeva di salpare per ricoverarsi nel porto del Giglio dove poteva darsi che il tempo ci confinasse per qualche giorno. E così facemmo.

"Ma appena si fu in pieno Argentario, ci si accorse che questi ci aveva preparato una di quelle sorprese di cui è maestro, mentre i quattro gabbiani roteavano sempre minacciosi chiedendoci a grandi grida conto del furto inumano che s'era commesso a' loro danni. E ad ogni grido degli uccellacci, fra mezzo ai quali si dondolava disperato l'albero maestro della "Colomba" in cima a cui il mozzo Demè s'affaticava febbrilmente a ripiegare la vela, rispondeva un soffio profondo del mare che si gonfiava di vento e ogni tanto esciva in una corsa pazza di correnti tutte celate da una criniera di spruzzi.

"Allora il rimorso m'attanagliò il cuore, e mi parve che l'avere strappato i figli non nati ai figli della tempesta dovesse attirarci sul capo il più atroce castigo.

"Vedevo mio fratello, che mai in vita sua perdette la calma, guardarmi costernato; poi la "Colomba" sbandò con uno schianto e un fischio di tutto il sartiame, una ondata spazzò la coperta, seguìta da un mugghio disperato del vento e Demè che scendeva "da riva" lungo il pennoncello, fu scaraventato in mare.

"Di lì a un minuto, legato com'ero al timone, impotente a muovermi, a soccorrerlo, a dirgli nulla, tra lo scatenìo di tutta la nave che pareva dovesse stasciarsi, lo rividi attaccato a una cima miracolosamente afferrata nel volo, che tentava di raggiunger la poppa.

"La barca filava beccheggiando e rullando sull'onde come frustata dai mille diavoli della tempesta; si vide il Giglio passare come un'apparizione colle sue vette incoronate di nuvole, poi l'albero si schiantò come un fuscello, rovinò sul ponte senza ammazzar nessuno.

"L'urlo dei gabbiani s'era fatto più rauco e più rabbioso, il loro volo più vorticoso e più celere; così la barca fuggiva traverso i marosi enormi, che il timone riusciva a stento a pigliare di punta a furia di sbandate che ci rotolavano tutti gli uni sugli altri, accompagnata dai quattro maladetti gabbiani che pareva richiamassero i flutti a vendicarli, adunandosi tutti intorno alla nostra attrezzatura gemente.

"Come si riuscisse a pigliar la calma, riparando sottovento, verso Santo Stefano, non lo so.

"I gabbiani sconfitti, rotearono un'ultima volta sopra di noi con un urlo roco, tutt'insieme, che parve un lamento, poi si perdettero, col petto a fior delle spume, nelle convulsioni del mare.

"Lei ha avuto fortuna che la gabbiana che ha ammazzato era sola; se no, a vederla ferita in quel modo, sarebbero accorsi tutti i suoi compagni e chi lo sa cosa poteva succedere.... non sono bestie, lo creda a me, sono esseri umani!"

– Certo, – risposi; – il vostro racconto mi ha prodigiosamente interessato; però mi pare che, le conclusioni sieno leggermente esagerate!...

Ma Giacomo, che aveva visto la morte da vicino, scosse la testa.

VENDETTA.

A Giovanni Rosadi.

– O Vendetta! cosa fai? ti senti male? O Vendetta, perdio! ma tu piangi....

Il vecchio scosse la testa arruffata negando; ma dagli occhi gli cascavano, giù per le gote tutte solchi e cicatrici, lente lagrime calde e le mani gli tremavano mentre le accostava alla faccia per nascondercela dentro.

Intanto, a una svolta della strada color di rosa nel crepuscolo, appoggiata ai monti verdi che si assopivano come sorreggendosi l'un l'altro e sotto l'occhio curioso di una prima stella incerta e smarrita nell'ebbrezza violetta del cielo, scomparivan lentamente in una lieve nube di polvere gli ultimi capi della grossa masseria che si dirigeva, per isvernare, in Maremma.

Eran passati, a uno a uno, i pecorai irsuti e adusti, coll'ombrello verdone a tracolla, coi gambali di pelle di capra, coi vincastri lunghi nel pugno, eran passati i vergai inchiodati nell'alte selle bestiaie col fucile di traverso posato sulle cosce, i ciuchi recanti sul dorso le coppie dei corbelli da cui facevano capolino belando agnelletti bianchi e neri e guaiolando teneri cuccioli riccioluti, e infine la gran mandra dal fetore acre, belando tremula, zampettando sorda sul polverone, spingendo i musi ignudi tra vello e vello delle compagne, e in ultimo le pecore ritardatarie alzate sulle zampe deretane a mordicchiare le foglie rimaste alle macchie e subito ricacciate in mezzo coi sassi e colle pertiche, e i montoni feroci e gelosi scuotendo il campàno di bronzo schiacciato, e i cani guardinghi colle folte code a punto interrogativo e l'occhio torbo.

Tutta l'immensa carovana coi suoi numerosi strascichi era dileguata verso l'ombra del crepuscolo che incupiva rapido, s'era perduta in pochi gemiti lontani, in pochi squilli affiochiti, in un canto doloroso.... poi soltanto il mare aveva riempito la gran solitudine verdazzurra di quel dorato vespro autunnale col solito sciacquìo che pareva diventasse più rabbioso via via che le voci si spengevano e si diffondeva la sera.

Fu allora che mi scossi dalle mie fantasticaggini e m'accorsi che Vendetta era li lì per venir quasi meno come una femminuccia, abbandonato di traverso sul mucchio di sassi presso l'argine dove s'era seduto, con la grigia testa selvatica affondata nel serpillo!

Il vecchio fece uno sforzo sopra sè stesso, annaspò un poco colle mani nocchierute, poi s'attaccò alla fiasca che gli porgevo e bevve due o tre sorsate lunghe; s'alzò, traballando, riprese il fucile, se lo mise a tracolla, poi, guardandomi in faccia con quei suoi occhi color d'acciaio, mi disse asciutto:

– O non ha fame lei?

– Figurati! mi son trattenuto per veder passare la masseria....

– E io invece (e intanto mi camminava al fianco) volevo andar via apposta per cotesto!

– Cosa vuoi che sapessi?...

– Lei ha ragione, signorino; basta! è una storia lunga, ma, in fin de' conti, cosa mi fa? Ormai son sessanta sonati e un po' di sfogo mi farà bene....

– Capisco.... qualche fatto che si riconnette al tuo soprannome....

– Di Vendetta?

– Sì.

– Ma nemmen per idea!

Ci s'era messi a sedere sotto una pergola della fiaschetteria detta "della stazione" forse

perchè la stazione era nel desiderio de' pochi abitanti di quei due o tre casolari seminati sulla strada ferrata; alla luce bianca dell'acetilene, di faccia al mare cupo che ci investiva coi suoi respiri freschissimi palpitando di scintille sotto le stelle ormai brulicanti nel firmamento; e il mio vecchio compagno attaccava subito il fiasco e il discorso:

– Oh! Lei crede, signorino, che mi chiamino Vendetta per via di quel certo affare.... di quando avevo vent'anni?

– Già; n'ho sentito vagamente parlare....

– Quella non fu una vendetta, fu una partita in piena regola. Ci s'era dati l'appuntamento, armato lui, armato io.... chi ci ha che fare se lo colsi alla prima con quella botta che gli spaccò il cuore? Avevo poco più di vent'anni, capisce? e mi fumava, glielo dico io, mi fumava davvero! Basta; mi furon tutti contro, alle Assisi! Mi ero comprato il coltello la sera avanti, dunque l'avevo premeditato; non avevo addosso nemmeno una graffiatura, dunque l'avevo còlto a tradimento.... non giovò che l'avesse in pugno anche lui il coltello, non giovò che lo stesso maresciallo dipingesse il morto come un fegataccio peggio di me.... io al processo, naturalmente, non c'ero.

– Ah! ti processarono in contumacia?

– Già, in.... insomma, come dice lei; fatto sta che io ero bell'e scappato, bell'e arrivato al Brasile.... oh! se ci fossi stato io, lì, a guardarli con quest'occhi di tra i ferri del gabbione, glielo garantisco io, i testimoni avrebbero deposto in un'altra maniera!... Perchè quello non è il modo, ne conviene, lei? di assassinare per gusto un galantuomo come me, che avevo fatto ogni cosa in regola! Ora son tutti morti, anche loro, e da un pezzo, pace all'anima.... Basta! come Dio volle m'era riuscito di battere il tacco e me ne stavo tranquillo. Però lei deve sapere che alle coltellate s'era fatto per via d'una donna. Eh! già, per via d'una ragazza bella come un occhio di sole, fatta di latte e sangue, coi capelli più biondi della canepa....

"Ero pastore, allora; tutti gli autunni, di questa stagione, come stasera, saltavo in sella e pigliavo la via della Maremma cogli altri pastori, coi bagaglioni, coi brescini, dietro al vergaio....

"Oh! signorino! lei non se lo può figurare come si sta bene a far quella vitaccia!

"Si passan l'ore sdraiati lungo l'Osa, al fresco sull'Ombrone, mentre le pecore meriggiano in quelle prata tutte valloncelli e collinette che paiono l'onde del mare; si pascola lungo il lago di Burano che è tutto d'argento e poi si torna la sera alla vergheria dove tra due assi ci s'è fatta la camera, coi suoi attrezzi, una scatola di latta per comodino, e quattro pietre per cassettone.... io sul cassettone ci tenevo la fotografia dell'Assunta che bella era, proprio come la Madonna dipinta nei soffitti delle cappelle!

"E poi la sera, al barlume del cielo stellato, mentre quegli altri intrecciavano i lacci per le lepri o le fiscelle per la ricotta, mi facevano cantare....

"Come un usignuolo cantavo, in mezzo a tutti quei pastori, le notti lunghe, e sapevo a memoria il Guerrino e i Reali di Francia e quando mi chetavo tutti restavano intontiti, in silenzio, e le pecore belavano in coro e abbaiavano i cani.... che bellezza!"

Tacque un poco, bevendo in fretta quasi si sentisse un gruppo alla gola, poi riprese risoluto:

"Invece al Brasile le notti eran cattive; ma i giorni erano peggio delle notti.... che vita da orsi! cento volte, vede, cento volte mi trovai sul punto d'adoperare la scure per tagliare qualcos'altro che non fosse un albero.... ma mi reggeva un ricordo.... L'avevo qui, ficcata nel mezzo del core, la notte la sognavo a occhi aperti, mi pareva sempre di vedermela davanti con quelle due pupille chiare come quando la vidi l'ultima volta alla fonte del lupo.... perchè prima d'andar via glielo dissi e glielo feci giurare mentre lei mi s'era attaccata al collo, quasi l'amore fosse raddoppiato per quel che avevo fatto! Glielo feci giurare e lei giurò che non sarebbe stata altro che mia e che mi avrebbe raggiunto, a tutti i costi!

"Eh! lo so, ora, lo vedo da me: eran discorsi che non potevano stare, eran cose che non potevano reggere in nessuna maniera; ma, signorino! a vent'anni che si ragiona? Eppoi io ero pazzo! Sapevo d'avere agito da galantuomo (scusi, o non potevo esserci rimasto ucciso io?), costretto a fuggire, a lasciare quella creatura che mi dava le vertigini soltanto a guardarla, calunniato, condannato, obbligato a lavorare sotto un cielo da fornace, in mezzo alle bestie selvatiche.... Appena il sole si nascondeva, veloce come fa in quei posti, dietro al buio della foresta, nera, sterminata, spaventosa, io mi buttavo di schianto sul mio giaciglio, mi tappavo gli orecchi per non sentire gli urli delle bestie o degli spagnoli briachi intorno ai fuochi, e mi mordevo le mani, digrignando i denti come un cane arrabbiato.

"E dall'Italia, nulla! Dopo cinque anni (ne avevo ventisei e ne dimostravo quaranta) mi raggiunse la notizia. Un'amico m'informava che l'Assunta era stata sposa.... aveva sposato non un brescino, non un bagaglione, non un pastore, come ero io, ma un vergaio.... aveva avuto fortuna!

"Che voltolone m'avrà fatto il sangue, sentendomi scoppiare quel fulmine a' piedi? Lo lascio immaginare a lei. Da quel momento non ebbi più che un pensiero, non mi attaccai che a un'idea: Vendetta!

"Questa parola mi perseguitava per tutto, mi rintronava nel cervello, me la sentivo sempre in bocca.

"E, secondo me, la devo aver pronunziata chi sa quante volte, lavorando distratto, nel lasciar andare una scurinata in que' tronchi duri più del ferro, mentre la testa mi pareva stretta da una morsa d'acciaio e le gambe mi dolevano dentro gli stivali, alti per via de' serpenti, e il sudore mi gocciolava giù per il collo punzecchiato da mosche grosse come scarafaggi.... Che vita! Chi lo sa quante volte mi scappò detta quella dannata parola, perchè finalmente mi rimase il soprannome e non m'ha più lasciato."

– Ma la vendetta, poi, te la pigliasti?

Il vecchio mi guardò con aria indescrivibile; poi rispose, adagio:

– Veda, a tornar subito io ci avevo pensato; ma con la condanna addosso mi pigliavano allo sbarco e non avevo neppure il tempo d'arrivare a casa; e, lo creda a me, quando un uomo ne ha passate quante ne ho passate io, impara anche la virtù della pazienza.... Quello che furono per me gli anni passati al Brasile non glielo dirò, perchè non mi riescirebbe di farglielo intendere.... notte e giorno mi raccomandavo a Dio che mi pigliasse e invidiavo i miei compagni quando li vedevo cascare come cenci, agguantati per il collo dalla febbre gialla sotto a quelle boscaglie dannate dove le scimmie, i pappagalli, le bestie feroci, il diavolo che se li porti tutti, non si chetano mai un minuto, nè giorno nè notte!

"Invece la febbre non mi volle, e quando la pena cascò in prescrizione avevo cinquant'anni ed ero sano come una lasca; presi il mio poco gruzzolo, la scure.... e m'imbarcai.

"Lei avrà capito; se avessi voluto andare in galera mi sarei deciso prima..., però io contavo di fare il colpo e poi di buttarmi alla macchia nelle maremme; perchè, lei non lo crederà, ma dopo tanti anni, l'idea era lì, inchiodata nel mio cervello come se quella frase "te lo giuro" l'Assunta me l'avesse detta il giorno avanti.

"Durante la traversata, via via che m'avvicinavo all'Italia, mi pareva di rivedere i posti dove ero nato.... mi ricomparivano dinanzi agli occhi scolpiti e dipinti come se fossi stato lì senz'allontanarmene mai; e m'appariva lei, l'Assunta, viva e parlante come quando ci si disse addio alla fonte del lupo.... Ma stia a sentire come andò.

"Arrivai di notte, a piedi, per le scorciatoie de' boschi; non avevo che il mio fagottino e la mia scure.

"Finchè fui per le macchie (non volevo che qualcuno mi vedesse) tutto andò bene; ma appena ebbi oltrepassato l'erta dell'uccellare e fra mezzo ai cipressi m'apparvero i lumi del paese.... Oh! come farò a dirglielo, signorino, cosa provai in quel momento?

"Quei lumi volevan dire tutte le famiglie a cena, capisce? gli òmini, le donne, i bambini, intorno a un boccon di minestra calda, col lume acceso e la porta sprangata! E io ero solo, come una bestia, come un galeotto, come un dannato! E quella che m'aveva messo in coteste condizioni, invece d'aspettarmi a braccia aperte, di venirmi incontro, di dirmi: Povero Cristo! tu hai sofferto tanto, tutto per via di me, vien via, t'ho serbato un guanciale, buttati e dormi e scordati d'ogni cosa..., invece, lei, capisce? lei era al caldo, era al lume, era a cena.... con quell'altro! Lui aveva la pace, lui aveva la donna, lui aveva le creature, lui aveva ogni cosa, perchè non aveva ammazzato nessuno per amore e perchè era più ricco di me!

"A questa idea mi smise di battere il cuore, sentii tutto il sangue andarmi alla testa, nascosi il fagotto in una macchia di scope, toccai il fil della scure e, bell'e cieco, mi buttai giù per la china.

"La casa era sempre stata proprietà di lui e poi ci aveva accanto l'ovile, dunque doveva starci ancora; io conoscevo il posto benone e sapevo trovarlo anche al buio....

"Come un gatto m'arrampicai per l'argine, scalai il muro a secco, entrai nell'orto.... vedevo il lume del chiuso e il lume della cucina, riconoscevo ogni cosa; era nero come in cantina e ci vedevo, glielo giuro, meglio che di giorno! Cominciai a traversar l'orto, fra l'aiole verdi, scivolando colle mani e coi ginocchi sulle zolle fresche senza far romore; non sapevo se ci fossero cani, fatto sta che non abbaiarono; al muro della casa m'alzai adagio adagio adagio.... m'appoggiai alla cimasa della finestra e spiai dall'imposte socchiuse.

"Eran socchiuse, perchè ancora faceva caldo, e dalla fessura sentivo distintamente l'acciottolio dei piatti sulla tavola, vedevo un bambino che picchiava colla forchetta sulla scodella.... ma lei, lei non mi riusciva di vederla ancora....

"Ed ecco, diritta in piedi, m'apparve nel vano dello spiraglio una donna; una vecchia grigia, disfatta.... la nonna forse? Ma poi alzò gli occhi, cominciò a discorrere.... signorino! era lei! la riconobbi alla voce.... solamente la voce, non aveva mutato!

"Parlava adagio, ma abbastanza chiaro perchè potessi sentire le parole; avevano, certo, finito di mangiare, perchè anche l'uomo venne lì, accanto al bambino e poi una ragazzina più grande con un fiocco celeste nei capelli neri.... L'Assunta discorreva adagio, il bambino ripeteva, balbettando.... tesi l'orecchio.... non mi rammentavo più neanche per che cosa ero venuto.... quei capelli bianchi m'avevano scombussolato.... ma dunque ero vecchio?!...

Ad un tratto mi raddrizzai, di colpo.... tremavo come una vetta, misi una mano all'orecchio per sentir meglio..., anche l'uomo s'era chinato sul ragazzo e tutti e tre, l'uomo, l'Assunta, la fanciullina, insegnavano al bambino a dir l'orazioni.

"– Padre nostro che sei in cielo – poi non distinguevo bene le parole – dacci il pane cotidiano – lo sapevo, me l'aveva insegnato la mamma, da piccino – liberaci dai debiti. – Prega per noi e per quel disgraziato lontano!"

"Ci avevano aggiunto questo, capisce? Quel disgraziato ero io e loro.... pregavano anche per me! Sul momento mi venne la voglia d'urlare che ero lì, che ero tornato, la voglia d'entrare in quella stanza, di dare un bacio a quelle due creature che mi parevano mie.... poi ebbi ritegno, pensai che dovevo fare spavento e.... all'improvviso m'accorsi che stringevo sempre la scure!

"Allora la scaraventai lontano, senza badare al rumore, e mi buttai a fuggire, a fuggire, disperato, mentre ora i cani si svegliavano, davan la voce, si rispondevano, mi rincorrevano da tutte le parti, al buio in quel modo per le siepi e i fossati: come un cignale scacciato dal covo."